biblio collège

Scandale en Bohême et autres nouvelles

Conan Doyle

Notes, questionnaires et Dossier Bibliocollège
par **Stéphane GUINOISEAU**,
agrégé de Lettres modernes,
professeur en collège

Crédits photographiques

Couverture : illustration pour *Les Aventures de Sherlock Holmes*, 1910, photo Mary Evans Picture Library. **p. 5 :** illustration de Leslie Ward pour *Vanity Fair*, 1907, photo Mary Evans Picture Library. **p. 7 :** illustration originale de Jean-Louis Thouard, photo Hachette Livre. **p. 24 haut :** photographie extraite du film *Élémentaire, mon cher... Lock Holmes* (*Without a clue*), 1988, prod / Edi 7. **p. 24 bas :** illustration de Sidney Paget pour *The Strand Magazine*, 1891, photo Mary Evans Picture Library. **p. 54 :** illustration originale de Jean-Louis Thouard, photo Hachette Livre. **p. 94 :** illustration de Sidney Paget pour *The Strand Magazine*, 1892, photo Mary Evans Picture Library. **p. 95 :** Collection particulière, DR, © ADAGP, Paris 2001. **p. 105 :** illustration originale de Jean-Louis Thouard, photo Hachette Livre. **p. 144 :** photos Mary Evans Picture Library. **p. 154 :** © The Bridgeman Art Library **p. 160 :** © Éditions Albin Michel S.A., 1984. **p. 162 haut :** © Artephot / Oronoz. **p. 162 bas :** © Succession Picasso, Paris, 2001/Artephot / Oronoz. **p. 163 :** photo Mary Evans Picture Library. **p. 168 :** photo Hachette Livre.

Conception graphique

Couverture : *Rampazzo & Associés*

Intérieur : *ELSE*

Mise en page

Médiamax

Illustration des questionnaires

Harvey Stevenson

Traduction des trois nouvelles

Catherine Richard

ISBN : 2.01.168222.3

Sommaire

Introduction

Lorsqu'il inventa Sherlock Holmes, Conan Doyle ne se doutait pas que son nom serait désormais attaché à son légendaire détective et même éclipsé par la renommée de son personnage. Créé en 1887 pour « faire bouillir la marmite », Sherlock Holmes rencontre un succès immédiat à une époque où le public, confronté à une insécurité urbaine croissante, devient friand d'affaires criminelles. Un mythe littéraire est né et le personnage va bientôt échapper à son auteur pour avoir sa vie propre. Conan Doyle, lassé des enquêtes policières, publie fin 1893 ce qu'il pense être la dernière aventure de Sherlock Holmes *(Le Dernier Problème)* : le détective est précipité dans un gouffre avec son ennemi mortel, le professeur Moriarty, et les deux personnages disparaissent sous les eaux. Mais Sherlock Holmes n'appartenait déjà plus totalement à son auteur. Sous la pression des lecteurs, des éditeurs... et de sa mère, Conan Doyle dut faire renaître, quelques

L'acteur William Gillette dans le rôle de Sherlock Holmes, 1907.

années plus tard, celui qui incarnait pour beaucoup le modèle du détective... On ne détruit pas les mythes, même en les précipitant d'une falaise !

Après la mort de Conan Doyle, Sherlock Holmes deviendra une figure du cinéma hollywoodien (à partir des années 1940) avant de voir ses aventures se poursuivre grâce à de multiples continuateurs plus ou moins fidèles au style de l'écrivain et plus ou moins moqueurs à l'égard des tics du détective. Sherlock Holmes est imité, pastiché, vénéré comme beaucoup de grandes figures de la littérature.

Inspiré d'un professeur de médecine, créé par un médecin et flanqué d'un ami, Watson, qui exerce la même profession, Sherlock Holmes incarne assez bien l'esprit scientifique qui triomphe dans la seconde moitié du XIXe siècle. Il est le premier détective à mettre ses compétences techniques variées et une véritable méthode d'investigation au service de l'enquête criminelle, inaugurant ainsi ce qu'on appellera ensuite « la criminologie ». Sherlock Holmes est avant tout un fureteur toujours capable de relever des indices que d'autres n'ont pas vus : tout a une signification pour qui sait observer et interpréter. Comme le médecin qui recherche les symptômes, parfois cachés, pour établir son diagnostic, Holmes scrute, compare, analyse et raisonne ensuite pour remonter la piste.

Le fondateur français de la criminologie, le professeur Edmond Locard, lui a rendu à ce propos un hommage qui permet de mieux comprendre la nouveauté du personnage : « *J'avoue* [...] *avoir pris dans les aventures de Sherlock Holmes l'idée première de recherches sur les poussières des vêtements et sur les taches de boue, et je sais ne pas être le seul à avoir trouvé dans ces romans des idées neuves et des inspirations utiles. Tout est à imiter chez Holmes : sa spécialisation, sa compétence technique...* » (*Policiers de romans et Policiers de laboratoire*, Paris, éd. Payot, 1924).

Scandale en Bohême

1

Sherlock Holmes la donne immanquablement pour *la* femme. J'ai rarement entendu mon ami l'évoquer sous une autre appellation. À ses yeux, elle éclipse et surpasse le reste de la gent féminine[1]. Non qu'Irene Adler lui ait inspiré le moindre sentiment qui s'apparente à l'amour. Toutes les émotions, et celle-ci en particulier, répugnaient à l'esprit froid et précis – bien qu'admirablement équilibré – de mon ami. Sherlock Holmes était à mon avis la machine à raisonner et à observer la plus parfaite que le monde ait connue. Mais jouer à l'amant l'eût placé dans une position fausse. Jamais il n'évoqua les tendres passions, si ce n'est en soulignant ses propos d'un quolibet[2] ou d'un rictus railleur. L'observateur en lui les tenait pour des choses admirables – idéales pour lever le voile

notes

1. *la gent féminine* : la communauté féminine.

2. *quolibet* : plaisanterie.

des motivations et agissements humains. En revanche, pour l'individu rompu au[1] raisonnement, tolérer l'irruption de telles émotions au sein de son tempérament délicat et finement réglé équivalait à y introduire un élément perturbateur, susceptible de jeter le discrédit sur le résultat de toutes ses opérations mentales. Un grain de sable dans un instrument de précision, la fêlure de l'un de ses puissants appareils d'optique affecteraient sa nature tout autant qu'une forte émotion. Pourtant, une seule femme comptait pour Sherlock Holmes, et cette femme n'était autre que la défunte Irene Adler, de douteuse et discutable mémoire.

Je n'avais guère vu Holmes, ces derniers temps, mon mariage nous ayant éloignés l'un de l'autre. Le bonheur complet dans lequel je vivais, et la foule de préoccupations relatives à son nouveau foyer qui ne manquent pas d'assaillir l'homme accédant pour la première fois au rang de maître de maison suffisaient en effet à m'accaparer tout entier. Quant à Holmes, qui exécrait[2] toute forme de société du fond de son âme bohème, il resta dans notre appartement de Baker Street, enseveli parmi ses livres anciens et passant alternativement, selon les semaines, de la cocaïne à l'ambition, de l'hébétude provoquée par la drogue à la bouillante énergie de sa propre nature fougueuse. Il s'adonnait plus que jamais à l'étude de la criminalité et employait ses immenses facultés, ainsi que son talent d'observation prodigieux, à exploiter les pistes et tirer au clair les énigmes mises au rebut[3] et décrétées insolubles par la police officielle. De vagues échos de ses faits et gestes me parvenaient de loin en loin : lorsqu'il fut cité à comparaître à Odessa pour l'affaire du meurtre

notes

1. rompu au : exercé au. ***2. exécrait :*** détestait. ***3. mises au rebut :*** délaissées.

Trepoff, quand il tira au clair le curieux drame des frères Atkinson à Trincomalee et, en dernier lieu, à l'occasion de sa mission pour le compte de la famille royale de Hollande[1], dont il s'acquitta avec doigté et succès. Toutefois, en dehors de ces signes d'activité – dont je pris tout bonnement connaissance en même temps que le reste des lecteurs de la presse quotidienne –, je n'entendis guère parler de mon ami et compagnon de naguère.

Un soir – le 20 mars 1888 –, alors que je revenais d'une visite à un patient (car j'exerçais à nouveau la médecine civile), le hasard de mon itinéraire me fit emprunter Baker Street. En passant devant cette porte dont je conservais un souvenir si précis et qui, dans mon esprit, resterait à jamais associée à la cour que je fis à miss Morstan, ainsi qu'aux sombres péripéties d'*Une étude en rouge*[2], je fus saisi d'une impérieuse envie de revoir Holmes et de savoir à quoi il employait son prodigieux talent.

Ses fenêtres étaient vivement éclairées et, au moment même où je levai les yeux, je vis par deux fois passer sa longue et mince silhouette en ombre chinoise sur le rideau. Il arpentait la pièce vivement, nerveusement, le menton sur la poitrine et les mains croisées dans le dos. Pour moi qui savais tout de ses humeurs et manies, cette attitude, ce comportement étaient éloquents. Holmes avait repris le travail. Il s'était sorti des rêveries provoquées par la drogue pour explorer tambour battant quelque nouveau problème. Je sonnai et on me fit monter jusqu'au salon, qui, autrefois, avait été partiellement le mien.

notes

1. *l'affaire du meurtre Trepoff* [...], *le drame des frères Atkinson* [...] *et la mission pour* [...] *la famille royale de Hollande* : ces trois histoires ne seront pas racontées dans les œuvres consacrées par Conan Doyle aux exploits de Sherlock Holmes.

2. Une étude en rouge : premier roman de Conan Doyle où apparaît Sherlock Holmes.

L'accueil que me réserva Holmes ne fut pas démonstratif. Il l'était rarement, d'ailleurs. Toutefois, mon compagnon de naguère eut plaisir, je crois, à me revoir. Presque sans proférer un mot mais avec un regard cordial[1], il me désigna un fauteuil, m'expédia sa boîte de cigares d'un revers de poignet, et m'indiqua une cave à liqueurs et un siphon d'eau de Seltz dans le coin de la pièce. Puis il se planta devant le feu et me toisa de haut en bas, de cette curieuse et contemplative manière qui lui est propre.

– Le mariage vous va bien, Watson, déclara-t-il. Je crois constater que, depuis notre dernière entrevue, vous avez pris trois kilos et demi.

– Trois ! rectifiai-je.

– Vraiment ? J'aurais dit un peu plus. Un tout petit peu plus, selon moi, Watson. Qui plus est, vous exercez de nouveau, à ce que j'observe. Vous ne m'aviez pas dit que vous comptiez reprendre le collier[2].

– Dans ce cas, comment le savez-vous ?

– Je le constate, je le déduis. Comment se fait-il que je sache en outre qu'il y a peu vous vous êtes trouvé sous une averse diluvienne[3] qui vous a trempé comme une soupe, et que vous avez une domestique extrêmement maladroite et négligente ?

– Cela dépasse l'entendement, mon cher Holmes, répondis-je. Si vous aviez vécu quelques siècles plus tôt, on vous aurait probablement brûlé vif. Il est vrai que, mardi, je suis allé me promener à la campagne, à la suite de quoi j'ai regagné mes pénates[4] dans un état épouvantable. Mais ayant changé de tenue depuis, je ne parviens pas à comprendre

notes

1. cordial : amical.

2. reprendre le collier : reprendre le travail.

3. diluvienne : abondante.

4. mes pénates : mon foyer.

comment vous arrivez à une telle déduction. Quant à Mary Jane, elle est incorrigible ; aussi ma femme lui a-t-elle donné ses huit jours[1]. Mais là encore, je ne vois pas comment vous avez réussi à découvrir tout cela.

Holmes gloussa, en frottant ses longues mains nerveuses.

– C'est l'enfance de l'art, m'assura-t-il. Mon œil m'apprend que, sur l'intérieur de votre chaussure gauche, précisément à l'endroit où se reflète la lueur du feu, le cuir porte six entailles presque parallèles, manifestement le fait de quelqu'un ayant raclé le bord de votre semelle sans soin aucun pour en ôter une plaque de boue. De là, voyez-vous, s'ensuit ma double déduction : vous êtes sorti par mauvais temps, et vous employez un spécimen particulièrement virulent de bonniche londonienne pourfendeuse de chaussures[2]. Quant au fait que vous exerciez à nouveau, il faudrait que je sois borné, en vérité, pour ne pas reconnaître un membre actif du corps médical en voyant entrer dans mon salon un monsieur sentant l'iodoforme[3] à plein nez, dont l'index droit s'orne d'une tache noire causée par le nitrate d'argent, et le haut-de-forme d'une bosse sur le côté droit, indiquant où il a enfoui son stéthoscope.

Je ne pus m'empêcher de rire en constatant avec quelle facilité il expliquait ses déductions.

– Quand je vous entends exposer les raisons qui sous-tendent vos conclusions, lui dis-je, cela me semble toujours d'une si ridicule simplicité que j'aurais aisément pu les découvrir moi-même. Or, les occasions de vous voir raison-

notes

1. donné ses huit jours : donné huit jours avant de la congédier définitivement.

2. pourfendeuse de chaussures : maltraitant les chaussures.

3. iodoforme : composé médical utilisé comme antiseptique (pour tuer les microbes) et dégageant une odeur assez forte.

ner se succèdent, et je n'en reste pas moins déconcerté jusqu'à ce que vous expliquiez votre cheminement. Je crois pourtant ma vue aussi bonne que la vôtre.

– Tout juste, répondit Holmes en allumant une cigarette et en s'affalant dans un fauteuil. Vous voyez, mais vous n'observez pas. Le distinguo est évident. Par exemple, vous avez fréquemment eu l'occasion de voir les marches de l'escalier qui mène du vestibule à cette pièce.

– Fréquemment, en effet.

– Combien de fois ?

– Eh bien ! À quelques centaines de reprises.

– Dans ce cas, combien y a-t-il de marches ?

– Combien ? Je n'en sais rien.

– Tout juste ! Vous n'avez pas observé. Et pourtant, vous avez vu. C'est précisément à quoi je voulais en venir. Cela dit, je sais pour ma part que l'escalier comprend dix-sept marches, car j'ai aussi bien vu qu'observé. À propos, Watson, puisque ce genre de petits problèmes vous intéressent et que vous avez eu l'indulgence de publier la chronique d'une ou deux de mes expériences dérisoires, peut-être trouverez-vous quelque intérêt à ceci. (Ramassant une feuille d'épais papier à lettres rose dépliée sur la table, il me l'expédia.) Ce courrier est arrivé lors de la seconde distribution. Lisez-le tout haut.

La missive[1] n'était pas datée et ne comportait ni signature, ni adresse. Le texte était le suivant :

Ce soir, à 8 heures moins le quart, vous recevrez la visite d'un monsieur qui souhaite vous consulter au sujet d'une affaire de la plus extrême gravité. Les services que vous avez récemment rendus

notes

1. La missive : la lettre.

à l'une des familles royales d'Europe démontrent que vous êtes quelqu'un à qui l'on peut confier sans crainte des affaires dont on ne saurait guère exagérer l'importance. Cette opinion vous concernant nous a de toutes parts été confirmée. Soyez donc chez vous à l'heure dite, et ne vous formalisez pas de ce que votre visiteur porte un masque.

– Voilà qui a tout d'une énigme, dis-je. Que signifie cette missive, à votre idée ?

– Je n'ai encore aucun élément d'information. Or, c'est une erreur majeure que de bâtir une hypothèse avant d'avoir des éléments d'information. Insensiblement, on se met à gauchir les faits pour les adapter à son hypothèse, au lieu d'adapter son hypothèse aux faits. Mais la missive elle-même, que déduisez-vous de sa lecture ?

J'examinai attentivement l'écriture, ainsi que le papier.

– Celui qui a rédigé ce message est probablement un homme aisé, déclarai-je, m'efforçant d'imiter les méthodes de mon ami. Un tel papier ne se trouve pas à moins d'une demi-couronne[1] le bloc. Il est particulièrement épais et rigide.

– Particulier... c'est tout à fait le mot, répondit Holmes. Il n'a rien d'un papier anglais. Regardez-le par transparence.

J'obéis et, ce faisant, constatai qu'un *E* majuscule, suivi d'un *g* minuscule, puis un *P*, et un *G* majuscule flanqué d'un *t* minuscule étaient imprimés en filigrane dans le papier.

– Que dites-vous de cela ? me demanda Holmes.

– Il s'agit sans aucun doute du nom du fabricant, ou de son monogramme[2] plutôt.

notes

1. couronne : pièce de monnaie anglaise.

2. monogramme : signature abrégée.

– Pas du tout. Le *G* et le *t* minuscule signifient « Gesellschaft », l'équivalent allemand du mot *Compagnie.* C'est une abréviation usuelle, comme notre « Cie ». Le *P*, bien entendu, signifie *papier.* Et ce *Eg*, maintenant. Jetons un coup d'œil à notre *Index géographique continental.* (Il attrapa un gros volume brun sur l'une des étagères.) *Eglow, Eglonitz*... nous y voilà : *Egria.* Cela se trouve dans un pays germanophone... en Bohême[1], non loin de Carlsbad : *« Localité connue comme étant le lieu du décès de Wallenstein*[2]*, ainsi que pour ses nombreuses fabriques de verre et de papier. »* Ha-ha, que dites-vous de ça, mon ami ?

Les yeux pétillants, Holmes tira sur sa cigarette et exhala vers le plafond une grosse bouffée triomphante de fumée bleue.

– Ce papier a été fabriqué en Bohême, déclarai-je.

– Exactement. Et l'auteur de ce message est un Allemand. Vous remarquerez la construction particulière de sa phrase : *« Cette opinion vous concernant nous a de toutes parts été confirmée. »* Un Français ou un Russe n'auraient pu écrire cela. C'est l'Allemand qui témoigne d'un tel manque de courtoisie envers ses verbes. Par conséquent, il ne reste plus qu'à découvrir ce que veut cet Allemand qui écrit sur du papier de Bohême, et préfère porter un masque plutôt que montrer son visage. D'ailleurs, le voilà qui arrive, si je ne m'abuse, pour dissiper toutes nos interrogations.

Comme il prononçait ces mots, on entendit un bruit vif de fers à cheval et de roues raclant le bord du trottoir, suivi d'un bref coup de sonnette. Holmes émit un sifflement.

notes

1. Bohême : jusqu'en 1918, cette région, qui fait aujourd'hui partie de la Tchéquie, appartenait à l'Empire austro-hongrois.

2. Wallenstein : chef militaire allemand d'origine tchèque ; il vécut de 1583 à 1634 et inspira une trilogie dramatique à l'écrivain Schiller.

– Deux chevaux, d'après le bruit, déclara-t-il. En effet, poursuivit-il en jetant un coup d'œil par la fenêtre. Un joli petit coupé[1] attelé de deux merveilles à cent cinquante guinées[2] chacune. Il y a de l'argent dans cette affaire, docteur, à défaut d'autre chose.

– Je crois que je ferais mieux de m'en aller, Holmes.

– Du tout, Watson. Restez où vous êtes. Sans mon hagiographe[3], je suis perdu. De plus, cette entrevue promet d'être intéressante. Ce serait dommage de la manquer.

– Mais votre client...

– Peu importe mon client. Il se peut que j'aie besoin de votre aide, tout comme lui. Le voici, d'ailleurs. Asseyez-vous dans ce fauteuil, docteur, et accordez-nous toute votre attention.

Au même instant, le pas lent et pesant que nous avions entendu dans l'escalier, puis dans le couloir, s'arrêta devant la porte. Après quoi, on frappa quelques coups sonores et péremptoires[4].

– Entrez ! lança Holmes.

Parut alors un homme qui devait mesurer près de deux mètres, avec un torse et des membres dignes d'un hercule. Sa mise était à ce point somptueuse qu'en Angleterre on eût estimé qu'elle frisait le mauvais goût. De larges bandes d'astrakan[5] barraient les manches et le plastron[6] de sa vareuse[7], et sa cape bleu marine doublée de soie rouge feu, rejetée sur les épaules, était fermée sous le menton par une

notes

1. *coupé* : voiture à cheval fermée, à quatre roues, comportant généralement deux places.

2. *guinées* : ancienne monnaie anglaise en or de Guinée.

3. *hagiographe* : celui qui écrit la vie d'un saint ou embellit le portrait qu'il fait dans une biographie.

4. *péremptoires* : autoritaires.

5. *astrakan* : fourrure d'agneau, à poils bouclés.

6. *plastron* : partie qui recouvre la poitrine.

7. *vareuse* : veste assez ample.

broche faite d'un unique et flamboyant béryl[1]. Ses bottes, qui montaient jusqu'à mi-mollet, et dont le haut était bordé d'une luxueuse fourrure brune, complétaient l'impression d'opulence[2] barbare que dégageait son allure entière. L'homme tenait à la main un chapeau à larges bords, mais un loup[3] noir lui masquait le haut du visage jusqu'aux pommettes. Il venait apparemment de le passer à l'instant même car, en entrant, il avait encore la main levée. Notre visiteur semblait un homme de caractère, à en juger par le bas de son visage, doté d'une lèvre inférieure épaisse, tombante, et d'un long menton bien dessiné qui révélait une détermination proche de l'entêtement.

– Vous avez reçu mon message ? s'enquit-il[4] d'une voix profonde, coupante, marquée d'un fort accent germanique. Je vous annonçais ma visite.

Il nous regarda l'un après l'autre, comme s'il se demandait auquel de nous deux s'adresser.

– Asseyez-vous, je vous en prie, lui dit Holmes. Voici mon ami et collègue, le docteur Watson, qui a l'obligeance de m'aider de temps à autre dans mon travail. À qui ai-je l'honneur ?

– Vous pouvez considérer que vous parlez au comte von Kramm, gentilhomme de Bohême. Si je comprends bien, ce monsieur, votre ami, est un homme d'honneur et de discrétion, auquel je peux faire confiance au sujet d'une affaire de la plus extrême importance ? Dans le cas contraire, je préférerais de loin m'entretenir avec vous seul à seul.

Je me levai pour quitter la pièce, mais Holmes m'attrapa le poignet et me fit rasseoir.

notes

1. béryl : pierre précieuse.
2. opulence : richesse.
3. loup : demi-masque.
4. s'enquit-il : demanda-t-il.

– Ce sera lui et moi, sinon personne, décréta-t-il. Vous pouvez dire devant ce monsieur tout ce que vous me diriez à moi.

Le comte haussa ses larges épaules.

– Dans ce cas, dit-il, je dois commencer par vous soumettre l'un et l'autre au secret absolu pendant deux années. Une fois cette durée écoulée, l'affaire en question n'aura plus aucune importance. Pour l'heure, il n'est pas exagéré d'affirmer que, par sa gravité, elle menace d'avoir une incidence sur le cours de l'histoire européenne.

– Je promets de me taire, fit Holmes.

– Moi de même.

– Vous excuserez ce masque, reprit notre curieux visiteur. L'auguste[1] personnage qui m'emploie tient à ce que son intermédiaire demeure inconnu de vous. Je puis d'ailleurs vous avouer maintenant qu'en arrivant j'ai décliné un titre qui n'est pas tout à fait le mien.

– Je l'avais compris, répliqua sèchement Holmes.

– Les circonstances sont éminemment délicates, aussi convient-il de prendre toutes les précautions pour étouffer le scandale énorme qui risque d'éclater et de compromettre gravement l'une des familles régnantes d'Europe. Pour dire simplement les choses, cette affaire met en cause l'illustre maison d'Ormstein, d'où sont issus les rois de Bohême, monarques à titre héréditaire.

– Cela aussi, je l'avais compris, murmura mon ami, s'installant dans son fauteuil et fermant les yeux.

Notre visiteur décocha un regard non dépourvu de surprise, semblait-il, à la silhouette alanguie, nonchalante, de

notes

1. L'auguste : l'important.

l'homme qui lui avait sans nul doute été dépeint comme le logicien le plus incisif et l'investigateur le plus énergique d'Europe. Holmes rouvrit lentement les yeux et regarda impatiemment son gigantesque client.

– Si Votre Majesté voulait bien condescendre à nous exposer son cas, lança-t-il, il me serait plus aisé de la conseiller.

L'homme bondit hors de son fauteuil et se mit à faire les cent pas dans la pièce, saisi d'un trouble irrépressible. Puis, d'un geste exaspéré, il arracha le loup qui lui couvrait le visage et le jeta par terre.

– C'est juste, cria-t-il. Je suis le roi. À quoi bon essayer de le cacher ?

– À quoi bon, en vérité ? murmura mon ami. Avant même que Votre Majesté prenne la parole, j'avais compris que je m'adressais à Wilhelm Gottsreich Sigismond von Ormstein, grand-duc de Cassel-Felstein et roi de Bohême à titre héréditaire.

– Vous comprenez bien, n'est-ce pas ? répondit notre curieux visiteur, se rasseyant et passant la main sur son grand front blanc. Vous comprenez bien que je n'ai pas coutume de faire ce genre de démarches en personne. Mais cette affaire était si délicate que je ne pouvais la confier à aucun intermédiaire, sans me mettre du même coup à sa merci. Je suis donc venu incognito de Prague dans le but de vous consulter.

– Dans ce cas, consultez-moi, je vous en prie, fit Holmes en fermant à nouveau les yeux.

– Voici, en peu de mots, ce qui s'est passé : il y a quelque cinq ans de cela, au cours d'un séjour prolongé à Varsovie, je fis la connaissance d'Irene Adler, l'aventurière bien connue. Son nom vous dit certainement quelque chose.

– Faites-moi la gentillesse de trouver cette dame dans mon répertoire, docteur, murmura mon ami, les yeux toujours clos.

Plusieurs années auparavant, Holmes avait adopté un système de classification par catalogue de tous les articles concernant les gens et les choses. Il était donc difficile d'évoquer un sujet ou un individu à propos duquel il ne pût aussitôt fournir des renseignements. En l'occurrence, je dénichai la biographie de miss Adler entre celles d'un rabbin[1] et d'un officier d'état-major de la marine, auteur d'une monographie[2] sur les poissons de haute mer.

– Voyons un peu ! fit mon ami. Hum ! Née dans le New Jersey en 1858. Contralto[3]... hum ! La Scala[4], hum ! Prima donna[5] à l'Imperial Opera de Varsovie... oui ! A quitté la scène... Ah ! Réside aujourd'hui à Londres... Tout juste ! Si je comprends bien, Votre Majesté s'est trouvée liée à cette jeune personne, lui a écrit quelques lettres compromettantes, et désire maintenant les récupérer.

– Exactement. Mais comment ?...

– Un mariage secret a-t-il été contracté ?

– Non.

– Pas de papiers officiels, ni d'attestations ?

– Non.

– Dans ce cas, je ne comprends plus Votre Majesté. Si la jeune personne en question devait utiliser ses lettres dans le but d'exercer un chantage ou à d'autres fins, d'ailleurs, comment pourra-t-elle prouver leur authenticité ?

– L'écriture...

– Tss, tss ! Contrefaçon.

– Mon papier à lettres personnel.

– Volé.

notes

1. *rabbin* : chef religieux dans la communauté juive.

2. *monographie* : étude.

3. *Contralto* : voix féminine grave dans le répertoire lyrique.

4. *La Scala* : célèbre opéra situé à Milan, en Italie.

5. *Prima donna* : premier rôle féminin dans un opéra.

– Mon propre sceau.

– Imité.

– Ma photographie.

– Achetée.

– Nous figurions tous les deux sur ce portrait.

– Allons bon ! Voilà qui est très mauvais ! Votre Majesté a bel et bien commis une imprudence.

– J'étais fou... J'avais perdu la tête.

– Vous vous êtes gravement compromis.

– Je n'étais alors que prince héritier. J'étais jeune. Je n'ai que trente ans, à ce jour.

– Il faut récupérer cette photographie.

– Nous avons essayé, et échoué.

– Votre Majesté devra proposer de l'argent. Il faut acheter ce portrait.

– Elle refuse de le vendre.

– Le voler, dans ce cas.

– Cinq tentatives ont été organisées. Par deux fois, des cambrioleurs à ma solde ont mis sa maison à sac. Une autre fois, ses bagages ont été détournés par nos soins alors qu'elle voyageait et, à deux reprises, nous lui avons tendu des embuscades. Cela n'a rien donné.

– Aucune trace de la photographie ?

– Absolument aucune.

Holmes s'esclaffa[1].

– Voilà une fort jolie petite énigme, déclara-t-il.

– Que je trouve, pour ma part, extrêmement grave, répliqua le roi d'un ton acrimonieux[2].

– Extrêmement, en effet. Cela dit, que se propose-t-elle de faire, avec cette photographie ?

notes

1. s'esclaffa : éclata de rire. ***2. acrimonieux :*** agressif.

– Ruiner ma vie...

– Mais de quelle façon ?

– Je suis sur le point de me marier.

– C'est ce que j'ai entendu dire.

– Avec Clotilde Lothman von Saxe-Meningen, fille cadette du roi de Scandinavie. Vous connaissez peut-être la rigueur morale de cette famille. La princesse elle-même est la délicatesse incarnée. Le moindre soupçon – si léger soit-il – quant à ma conduite annulerait tout projet d'alliance.

– Et Irene Adler ?

– Elle menace de leur faire parvenir la photographie. Ce qu'elle fera, d'ailleurs. Je sais qu'elle le fera. Vous ne la connaissez pas, mais sachez que c'est une femme d'une trempe[1] impitoyable. Le plus ravissant visage de femme s'allie chez elle à un caractère digne du plus déterminé des hommes. Plutôt que de me laisser épouser une autre femme, elle n'hésitera pas à se porter à toutes les extrémités... toutes.

– Vous êtes sûr qu'elle n'a pas déjà envoyé cette photographie ?

– J'en suis sûr.

– Pourquoi cela ?

– Parce qu'elle a dit qu'elle le ferait le jour où les bans[2] seraient publiés. C'est-à-dire lundi prochain.

– Oh ! dans ce cas, nous disposons encore de trois jours, constata Holmes avec un bâillement. Cela tombe très bien car, dans l'immédiat, j'ai une ou deux questions importantes à régler. Votre Majesté compte, bien entendu, rester à Londres pour le moment ?

notes

1. d'une trempe : d'un caractère.

2. les bans : annonce officielle d'un mariage à l'église.

– Assurément. Vous me trouverez au *Langham*, sous le nom de « comte von Kramm ».

– Je vous enverrai donc un mot pour vous informer de l'avancée de nos recherches.

– Faites, je vous en prie. Je vais me consumer d'inquiétude.

– Et pour ce qui est de l'argent ?

– Vous avez carte blanche[1].

– Totalement ?

– Je vous assure que j'échangerais volontiers l'une des provinces de mon royaume contre cette photographie.

– Et pour les dépenses courantes[2] ?

Le roi tira de sa cape une volumineuse bourse en daim qu'il posa sur la table.

– Il y a là 300 livres[3] en pièces d'or et 700 en billets.

Holmes griffonna un reçu sur une feuille de son carnet et le tendit au roi.

– L'adresse de mademoiselle ? s'enquit-il[4].

– *Briony Lodge*, Serpentine Avenue, St John's Wood.

Holmes en prit note.

– Encore une question, annonça-t-il. S'agissait-il d'un cliché format album ?

– Oui.

– Eh bien ! bonsoir, Votre Majesté. Je crois que nous aurons sous peu de bonnes nouvelles pour vous.

» Bonsoir, Watson, ajouta-t-il, tandis que le bruit des roues du coupé royal s'éloignait dans la rue. Si vous voulez bien avoir l'obligeance de passer me voir demain après-midi à 3 heures, j'aimerais bavarder et tirer les conclusions de ce petit problème avec vous.

notes

1. carte blanche : entière liberté.

2. courantes : immédiates.

3. livres : monnaie anglaise.

4. s'enquit-il : demanda-t-il.

2

À 3 heures précises, j'arrivai à Baker Street, mais Holmes n'était pas encore rentré. Sa logeuse m'apprit qu'il avait quitté la maison peu après 8 heures, ce matin-là. Je m'assis donc devant le feu, décidé à l'attendre aussi longtemps que nécessaire. Son enquête m'intéressait déjà grandement. Bien qu'elle ne présentât aucune des macabres et étranges caractéristiques dont s'accompagnaient les deux crimes que j'avais relatés, la teneur de cette affaire et le rang du client concerné lui conféraient une originalité en soi. De fait, mis à part la teneur de l'enquête entreprise par mon ami, la façon magistrale dont il appréhendait une situation donnée, ainsi que son raisonnement pénétrant, incisif, faisaient que je prenais un réel plaisir à étudier ses principes de travail et à observer les méthodes rapides, subtiles, qui lui permettaient de débrouiller les mystères les plus inextricables[1]. J'étais à ce point habitué aux succès qu'il remportait invariablement, que la simple idée de le voir échouer ne me venait même plus à l'esprit.

Il était près de 4 heures quand la porte s'ouvrit. Un valet d'écurie à l'air éméché entra dans la pièce, tignasse et favoris en bataille, le visage rubicond[2] et la mise fort dépenaillée[3]. Tout habitué que je fusse au surprenant talent avec lequel mon ami usait du travestissement, je dus y regarder à trois fois pour m'assurer qu'il s'agissait bel et bien de lui. M'ayant adressé un signe de tête, il disparut dans sa chambre et en ressortit cinq minutes plus tard, arborant son costume de tweed et son allure respectable de toujours. Enfonçant alors les mains dans ses poches, il étendit ses

notes

1. *inextricables :* compliqués. **2. *rubicond :*** très rouge. **3. *la mise fort dépenaillée :*** dans une tenue très négligée.

Ben Kingsley et Michael Caine dans les rôles du docteur Watson et de Sherlock Holmes.

Sherlock Holmes déguisé en valet d'écurie, illustration pour *The Strand Magazine*, 1891.

longues jambes devant le feu, et se mit à rire à gorge déployée pendant quelques minutes.

– Eh bien ! ma foi, s'écria-t-il ; sur quoi il s'étrangla et s'esclaffa de plus belle, pour finalement se laisser aller, exténué, inerte, contre le dossier de son fauteuil.

– Que se passe-t-il ?

– C'est vraiment trop drôle. Je suis sûr que jamais vous ne devineriez à quoi j'ai employé la matinée, ni ce que j'ai fini par faire.

– Je ne saurais l'imaginer. Je suppose que vous avez surveillé les allées et venues de miss Adler et peut-être son domicile.

– Tout juste, mais la suite des événements se révéla passablement insolite. Que je vous raconte : peu après 8 heures, ce matin, je quittai cet appartement sous l'apparence d'un valet d'écurie sans emploi. Une entente et une connivence extraordinaires ont cours parmi les gens qui s'occupent de chevaux. Pour peu que l'on soit des leurs, on apprend tout ce qu'il faut savoir. Je ne tardai pas à trouver *Briony Lodge*. C'est un *bijou* de petit pavillon, donnant sur un jardin à l'arrière, mais construit en bordure de rue. Deux étages, porte d'entrée pourvue d'une serrure Chubb. Vaste salon sur la droite, joliment meublé, grandes fenêtres descendant presque jusqu'au sol, équipées de ces absurdes systèmes de fermeture anglais qu'un enfant saurait ouvrir. Je ne remarquai rien de particulier derrière la maison, sinon qu'il est possible d'atteindre la fenêtre du couloir depuis le toit de la remise[1]. Je fis le tour, en observant attentivement la maison de tous les points de vue possibles, sans rien noter d'autre, toutefois, qui présentât de l'intérêt.

notes

1. remise : local où l'on peut abriter un véhicule ou des objets.

» Là-dessus, j'allai baguenauder[1] dans la rue et, comme je m'y attendais, dans une ruelle longeant l'un des murs du jardin, je découvris des écuries. Je donnai un coup de main aux palefreniers[2] pour étriller[3] leurs chevaux, moyennant quoi je reçus une pièce, un verre de porter[4] coupé d'ale[5], deux pipées de tabac en brins et tous les renseignements que je pouvais souhaiter au sujet de miss Adler – sans parler d'une demi-douzaine d'autres personnes du voisinage auxquelles je ne m'intéressais pas le moins du monde, mais dont il fallut que j'écoute les biographies.

– Et à propos d'Irene Adler ? demandai-je.

– Oh ! elle a tourné la tête à tous les hommes du quartier. C'est le plus ravissant minois qu'une coiffe ait jamais abrité sur cette planète. Voilà ce qu'affirment tous les palefreniers des écuries de Serpentine Avenue, sans exception. Elle mène une vie tranquille, donne des récitals, part tous les jours à 5 heures se promener en voiture, et rentre à 7 heures tapantes[6] pour dîner. Sort rarement à d'autres moments, excepté lorsqu'elle chante. Ne reçoit qu'un seul visiteur masculin, mais souvent. Il est brun, bel homme et chic, ne laisse pas passer une journée sans venir à *Briony Lodge*, plutôt deux fois qu'une. Il s'agit d'un certain Mr Godfrey Norton, membre du barreau[7] de Londres. Voyez ce que l'on gagne à écouter les confidences d'un cocher. Ceux des écuries de Serpentine Avenue ont reconduit ce monsieur à son domicile une bonne dizaine de fois et savent tout de lui. Quand ils m'eurent dit tout ce qu'ils pouvaient

notes

1. baguenauder : flâner.

2. palefreniers : ouvriers chargés de l'entretien des chevaux.

3. étriller : brosser.

4. porter : bière brune amère.

5. ale : bière anglaise forte en houblon.

6. tapantes : précises.

7. membre du barreau : avocat.

m'apprendre, je me remis à faire les cent pas dans les parages de *Briony Lodge* en repassant mentalement mon plan de campagne.

» Ce Godfrey Norton était manifestement un composant important dans l'affaire en question. Juriste – ce qui ne présageait rien de bon. Quelles relations miss Adler et lui entretenaient-ils et quel était l'objet de ses visites répétées ? Irene Adler le recevait-elle en tant que cliente, amie, ou maîtresse ? À supposer qu'elle fût sa cliente, elle avait probablement confié la photographie à la garde de Mr Norton. Qu'elle fût sa maîtresse, en revanche, et cela devenait moins probable. En fonction de la réponse à cette question, je devrais poursuivre mon travail à *Briony Lodge*, ou bien tourner mon attention du côté du cabinet de ce monsieur, au Palais de Justice. C'était là un point délicat qui, de surcroît[1], élargissait mon champ d'investigation. Tous ces détails vous assomment, j'en ai bien peur, mais je dois vous exposer mes petites difficultés si vous voulez comprendre la situation.

– Je suis parfaitement bien votre raisonnement, répondis-je.

– J'étais toujours en train de soupeser la question, quand un cabriolet de louage[2] arriva à *Briony Lodge*. Un homme en descendit d'un bond : un monsieur élégant, remarquablement beau, brun, aux traits aquilins[3] et portant moustache... De toute évidence, il s'agissait de l'homme dont j'avais entendu parler. Il semblait très pressé, cria au cocher de l'attendre et entra en coup de vent, sous le nez de la soubrette[4] qui ouvrit la porte, l'air aussi assuré que s'il était chez lui.

notes

1. de surcroît : de plus.

2. cabriolet de louage : voiture à cheval utilisée pour transporter des voyageurs.

3. aquilins : fins.

4. la soubrette : la servante.

» Il resta à peu près une demi-heure à l'intérieur et, par la fenêtre du salon, je l'aperçus à plusieurs reprises qui allait et venait, parlait avec animation et agitait les bras. Je ne la vis point, elle. Il ressortit bientôt, l'air encore plus précipité qu'auparavant. Tout en se dirigeant à grands pas vers le cabriolet, il tira de son gousset[1] une montre d'or qu'il scruta avec beaucoup d'attention. "À fond de train, cocher, cria-t-il. D'abord chez Gross & Hankey, dans Regent Street, puis à l'église St Monica, sur Edgeware Road. Une demi-guinée pour vous si nous y sommes dans moins de vingt minutes !"

» Là-dessus, ils s'en allèrent. J'étais justement en train de me demander si je n'aurais pas intérêt à les suivre quand, de la ruelle, déboucha un joli petit landau[2] conduit par un cocher à la veste à demi boutonnée seulement, le cache-col coincé sous l'oreille, et toutes les sangles du harnais flottant au vent, pas même passées dans les boucles. Avant même qu'il ait eu le temps de se garer, elle jaillit hors du vestibule et grimpa dans la voiture. Je ne fis guère que l'entrevoir sur le moment, mais c'est une femme ravissante que j'aperçus, si belle qu'on se damnerait pour elle. "À l'église St Monica, John, cria-t-elle. Un demi-souverain[3] pour vous si vous y êtes dans moins de vingt minutes."

» C'était trop beau pour que je m'en tienne là, Watson. J'étais justement en train de soupeser s'il valait mieux filer à pied, ou bien s'accrocher à l'arrière de son landau, quand un fiacre[4] vint à passer. Le cocher y regarda à deux fois avant de se charger d'un client aussi peu reluisant, mais je sautai en voiture avant qu'il ait le temps d'objecter. "À l'église

notes

1. gousset : petite bourse.

2. landau : voiture à quatre roues tirée par des chevaux.

3. souverain : monnaie d'or anglaise.

4. fiacre : voiture à cheval.

St Monica, lançai-je. Un demi-souverain si vous y êtes dans moins de vingt minutes." Il était alors midi moins 25 et, bien entendu, ce qui se tramait ne faisait guère de doute.

» Mon cocher roula très vite. Je ne crois pas avoir jamais roulé aussi vite, mais les autres arrivèrent à destination avant nous. Le cabriolet ainsi que le landau, et leurs chevaux respectifs tout fumants, étaient garés devant la porte quand j'arrivai à mon tour. Je réglai ma course et me ruai à l'intérieur. L'église était déserte, exception faite des deux personnes que j'avais suivies, lesquelles s'entretenaient avec un prêtre en surplis qui semblait protester vigoureusement. Debout devant l'autel, ils formaient un trio compact. Je remontai la nef[1] latérale d'un pas nonchalant, comme n'importe quel désœuvré entré par hasard dans une église. Tout à coup, à ma grande surprise, les trois personnes groupées au pied de l'autel se retournèrent vers moi, et Godfrey Norton se précipita aussi vite qu'il le pouvait à ma rencontre.

"Dieu soit loué ! s'écria-t-il. Vous ferez l'affaire. Venez ! Venez !

– Quoi faire ? demandai-je.

– Venez, mon vieux, venez ; plus que trois minutes, après quoi ce ne sera plus légal."

» Là-dessus, on me traîna à demi jusqu'au pied de l'autel, et avant de comprendre où j'étais, je me retrouvai en train de marmonner les réponses qu'on me soufflait à l'oreille, de me porter garant de choses dont j'ignorais tout, en somme, de participer à l'union en bonne et due forme[2] d'Irene Adler, demoiselle, et de Godfrey Norton, célibataire.

notes

1. *nef* : partie d'une église comprise entre le portail et le chœur.

2. *en bonne et due forme* : officielle.

L'instant d'après, tout était terminé, le marié me remercia d'un côté, la mariée de l'autre, tandis qu'au centre le prêtre m'adressait un sourire rayonnant. De ma vie, jamais je ne me suis trouvé dans une situation plus grotesque. C'est d'ailleurs en y pensant que je viens de me mettre à rire. Apparemment, les bans devaient receler[1] quelque irrégularité, et le prêtre refusait catégoriquement de marier Irene Adler et Godfrey Norton sans un témoin, quel qu'il fût. Aussi mon arrivée opportune épargna-t-elle au marié de se précipiter dans la rue pour chercher un garçon d'honneur. La mariée me gratifia d'un souverain que j'ai la ferme intention de porter à ma chaîne de montre en souvenir de cet épisode.

– Voilà un revirement fort inattendu, fis-je. Et ensuite ?

– Eh bien ! Mes plans me parurent alors très sérieusement compromis. Le couple, semblait-il, s'apprêtait à partir sur-le-champ – ce qui risquait de m'obliger à prendre des mesures très promptes et énergiques. Toutefois, à la porte de l'église, ils se séparèrent, lui retournant au Palais de Justice et elle à *Briony Lodge*. "J'irai faire un tour dans le parc à 5 heures, comme d'habitude", déclara-t-elle en le quittant. Je n'en entendis pas plus. Là-dessus, leurs deux voitures s'éloignèrent chacune dans une direction, et je partis prendre mes propres dispositions.

– À savoir ?

– Un peu de viande froide et un verre de bière, répondit-il en tirant la sonnette. J'ai eu trop à faire pour penser à me nourrir, et je risque d'avoir encore plus à faire ce soir. À propos, docteur, j'aurai besoin de votre collaboration.

– Ce sera un plaisir.

notes

1. receler : comporter.

– Cela ne vous ennuie pas d'enfreindre la loi ?

– Pas le moins du monde.

– Ni de courir le risque de vous faire arrêter ?

– Pas si la cause est bonne.

– Oh ! la cause est excellente.

– Dans ce cas, je suis votre homme.

– J'étais sûr de pouvoir compter sur vous.

– Mais que voulez-vous, au juste ?

– Je vous l'expliquerai quand Mrs Turner aura apporté le plateau. Et maintenant, reprit-il en s'attaquant avec appétit à la collation frugale qu'avait préparée notre logeuse, je vais devoir vous exposer la chose en même temps que je mange, car je n'ai pas beaucoup de temps. Il est maintenant près de 5 heures. D'ici deux heures, nous devrons être sur les lieux où se déroulera l'action. Miss Irene – ou plutôt Mme – rentre de promenade à 7 heures. Nous devons être à *Briony Lodge* lorsqu'elle y arrivera.

– Et ensuite ?

– Pour le reste, il faudra vous en remettre à moi. J'ai d'ores et déjà organisé ce qui va se passer. Il n'y a qu'un point sur lequel je dois insister : vous ne devrez pas intervenir, quoi qu'il advienne. Comprenez-vous ?

– Je dois rester neutre ?

– Ne rien faire, strictement rien. Il y aura probablement une petite échauffourée[1], mais ne vous en mêlez pas. Au bout du compte, on me transportera à l'intérieur de la maison. Quatre ou cinq minutes plus tard, la fenêtre du salon s'ouvrira. Vous devrez vous poster tout près.

– Entendu.

– De là, je serai visible ; vous devrez donc me surveiller.

notes

1. *échauffourée* : bagarre.

– Entendu.

– Quand je lèverai la main – comme ceci –, vous lancerez à l'intérieur de la pièce ce que je vais vous donner, en même temps que vous crierez : "Au feu !". Suivez-vous à peu près ce que je vous dis ?

– Parfaitement.

– L'objet en question n'a rien de redoutable, fit-il en tirant de sa poche un tube en forme de long cigare. Il s'agit d'une banale cartouche fumigène de plombier, pourvue d'une amorce à chaque extrémité, de façon à s'enflammer d'elle-même. Votre tâche se borne à cela, Watson. Quand vous crierez au feu, un assez grand nombre de gens se mettront à en faire autant. À ce moment-là, vous pourrez gagner tranquillement le bout de la rue, où je vous rejoindrai dans les dix minutes qui suivront. J'espère m'être montré assez clair ?

– Je dois rester neutre, approcher de la fenêtre, vous surveiller et, au signal, jeter ceci dans la pièce, puis crier au feu, et ensuite vous attendre au coin de la rue.

– Exactement.

– Dans ce cas, vous pouvez compter sur moi sans aucune hésitation.

– Voilà qui est parfait. Sur ce, je crois qu'il est peut-être temps pour moi de me préparer au nouveau rôle que je dois jouer.

Holmes disparut dans sa chambre et en revint au bout de quelques minutes, sous l'aspect d'un pasteur anglican[1] débonnaire[2] et candide[3]. Son large chapeau noir, son

notes

1. pasteur anglican : prêtre de la religion anglicane.

2. débonnaire : doux.

3. candide : naïf.

pantalon vague, son collet[1] blanc, son sourire plein de mansuétude[2] et, dans l'ensemble, la curiosité scrutatrice[3] et bienveillante qu'il arborait étaient si vraisemblables, que seul un grand comédien comme Mr John Hare eût pu rivaliser. Holmes ne se contentait pas seulement de changer de tenue ; son expression, son maintien et jusqu'à sa nature la plus profonde semblaient varier en fonction des divers personnages qu'il incarnait. La scène a perdu un excellent acteur et la science un fin logicien, lorsqu'il se spécialisa dans l'étude de la criminalité.

Il était 6 heures et quart quand nous quittâmes Baker Street, et il s'en fallait encore de dix minutes que 7 heures ne sonnent quand nous arrivâmes à Serpentine Avenue. Le soir tombait déjà, et l'on commençait à allumer les réverbères, tandis que nous faisions les cent pas devant *Briony Lodge* en attendant la maîtresse des lieux. La maison répondait exactement à l'idée que je m'en étais faite d'après la description succincte de Sherlock Holmes, mais l'endroit me parut moins retiré que je ne m'y attendais. De fait, cette petite rue, pourtant située dans un quartier tranquille, était étonnamment animée. Il y avait là un groupe de guenilleux[4], fumant et riant dans un coin, un rémouleur[5] et sa meule, deux officiers de la Garde en train de conter fleurette à[6] une petite bonne d'enfants, et plusieurs jeunes gens bien vêtus qui déambulaient dans la rue, cigare aux lèvres.

– En somme, déclara Holmes, ce mariage simplifie les choses, vous savez. La photographie devient une arme à double tranchant. Il y a de grandes chances pour qu'Irene

notes

1. *collet* : partie du vêtement qui entoure le cou.
2. *mansuétude* : indulgence.
3. *scrutatrice* : attentive.
4. *guenilleux* : misérables.
5. *rémouleur* : artisan qui aiguise les objets tranchants.
6. *conter fleurette à* : courtiser.

Adler tienne aussi peu à ce que Mr Godfrey voie ce cliché que notre client à ce qu'il parvienne jusqu'à sa princesse. Le problème est donc le suivant : où devons-nous chercher ladite photographie ?

– Où, en effet ?

– Il est fort peu probable qu'elle la conserve sur elle. Il s'agit d'un cliché format album, donc trop grand pour être aisément dissimulé sous un vêtement féminin. De plus, elle sait le roi capable de lui tendre une embuscade dans le but de la fouiller. Deux tentatives de ce genre ont déjà été menées. Nous pouvons donc considérer qu'elle ne porte pas ce cliché sur elle.

– Alors, où ?

– Son banquier, ou son avoué[1]. Les deux possibilités se tiennent. Pourtant, j'incline à ne donner crédit ni à l'une, ni à l'autre. Les femmes, cachottières par nature, aiment à se charger elles-mêmes de leurs cachotteries. Pourquoi celle-ci s'en remettrait-elle à quelqu'un d'autre ? Elle peut tabler sur sa propre vigilance, alors qu'elle ne saurait déterminer quelles pressions indirectes ou politiques risquent de s'exercer sur un homme d'affaires. Rappelez-vous, en outre, qu'elle a décidé de se servir du cliché en question dans les quelques jours à venir. Il doit donc se trouver à portée de sa main, dans sa propre demeure.

– Mais la maison a été cambriolée deux fois.

– Peuh ! Ils n'ont pas su chercher.

– Mais vous, comment chercherez-vous ?

– Je ne chercherai pas.

– Alors quoi ?

– Je m'arrangerai pour qu'elle me montre la cachette.

notes

1. avoué : avocat.

– Elle refusera.

– Elle n'en aura pas la possibilité. Mais j'entends un bruit de roues. C'est son équipage[1]. Et maintenant, appliquez mes instructions à la lettre.

Comme il prononçait ces mots, la lueur des lanternes latérales d'une voiture surgit au détour de l'avenue. Un élégant petit landau s'avança jusqu'à la porte de *Briony Lodge*. Au moment où il s'arrêta, l'un des individus qui paressaient au coin de la rue se précipita pour ouvrir la portière dans l'espoir de gagner une pièce, mais un autre, qui accourait dans la même intention, le repoussa d'un coup de coude. Une violente querelle éclata, qu'envenimèrent encore les officiers de la Garde, qui prirent parti pour l'un des deux galvaudeux[2], et le rémouleur, non moins acharné à défendre l'autre. Un poing fusa et en un instant la dame, descendue de sa voiture, se retrouva au cœur d'un petit noyau d'individus empourprés[3] et gesticulants, qui se battaient furieusement, échangeant horions[4] et coups de canne. Holmes se précipita dans la mêlée pour protéger la dame, mais au moment où il arrivait auprès d'elle, il poussa un cri et s'effondra, le visage inondé d'un flot de sang. En le voyant tomber, les deux officiers s'enfuirent d'un côté et les guenilleux de l'autre, tandis qu'un certain nombre des gens les mieux vêtus, qui avaient assisté à la rixe[5] sans y prendre part, accouraient pour prêter main-forte à la dame et secourir le blessé. Irene Adler – ainsi continuerai-je à la nommer –, qui avait gravi les marches en courant, s'arrêta sur le perron, sa ravissante silhouette se découpant à contre-jour dans la lumière du vestibule, et se retourna pour scruter la rue.

notes

1. son équipage : sa voiture.
2. galvaudeux : vagabonds.
3. empourprés : tout rouges.
4. horions : coups.
5. rixe : mêlée, bagarre.

– Ce pauvre monsieur est-il grièvement blessé ? demanda-t-elle.

– Il est mort, s'écrièrent plusieurs voix en chœur.

– Non, non, lança quelqu'un d'autre. Il est encore en vie ! Mais le temps de l'amener à l'hôpital, il aura rendu l'âme.

– C'est un homme courageux, déclara une femme. Sans lui, la dame se serait fait voler son sac et sa montre. Ils étaient toute une bande, et mauvais avec ça. Ah ! le voilà qui respire.

– Il ne faut pas le laisser comme ça, dans la rue. On peut le transporter à l'intérieur, m'dame ?

– Mais certainement. Amenez-le dans le salon, il y a un sofa confortable. Par ici, je vous prie !

Lentement, solennellement, on transporta Holmes à l'intérieur de *Briony Lodge* et on l'installa dans la pièce principale, pendant que je continuais à observer la scène de mon poste, près de la fenêtre. On avait allumé les lampes, mais les stores n'étaient pas tirés, si bien que je parvenais à voir Holmes, allongé sur le canapé. J'ignore si, sur l'instant, il sentit des scrupules poindre alors qu'il jouait la comédie. Pour ma part, de ma vie, jamais je n'ai éprouvé une honte de moi-même aussi brûlante qu'à la vue de la délicieuse créature contre qui je conspirais, de la grâce et de la sollicitude avec lesquelles elle prodigua des soins au blessé. Ç'eût été toutefois faire preuve de la plus ignoble traîtrise envers Holmes que de me soustraire au rôle qu'il m'avait confié. Je fis donc taire ma conscience et tirai la cartouche fumigène de ma houppelande[1]. « Après tout, me dis-je, nous ne lui faisons aucun mal. Nous nous contentons de l'empêcher d'en faire à quelqu'un d'autre. »

notes

1. houppelande : long vêtement à larges manches.

Holmes s'était redressé sur le canapé, et je le vis feindre de ne pouvoir respirer. Une bonne, traversant précipitamment la pièce, vint ouvrir la fenêtre en grand. Au même moment, je vis mon ami lever la main. Je lançai donc ma cartouche à l'intérieur de la pièce en criant : « Au feu ! »

À peine ces mots eurent-ils franchi mes lèvres, que la foule des badauds[1] au grand complet, bien vêtus comme mal vêtus – jeunes élégants, palefreniers et soubrettes –, se mirent à clamer « Au feu ! » à l'unisson. Un épais nuage de fumée moutonnante envahit la pièce et se déversa par la fenêtre. Je perçus des silhouettes s'agitant en tous sens et, un instant plus tard, la voix de Holmes, à l'intérieur, leur assurant qu'il s'agissait d'une fausse alerte. Je me frayai alors un chemin à travers la foule en tumulte et gagnai le coin de la rue. Dix minutes plus tard, j'eus le plaisir de sentir le bras de mon ami passer sous le mien, et de quitter ensuite le théâtre du charivari[2]. Holmes marcha d'un bon pas et sans mot dire pendant quelques minutes, jusqu'à ce que nous eussions bifurqué dans l'une des rues tranquilles qui mènent à Edgeware Road.

– Vous vous en êtes fort bien sorti, docteur, déclara-t-il. On ne pouvait mieux faire. Tout va bien.

– Vous avez la photographie ?

– Je sais où elle se trouve.

– Comment l'avez-vous appris ?

– Elle me l'a montrée, comme je vous l'avais dit.

– J'avoue que je ne suis pas plus éclairé.

– Loin de moi l'envie d'en faire mystère, répondit-il en riant. Tout cela est parfaitement simple. Vous vous êtes rendu

notes

1. badauds : passants.

2. charivari : tapage.

compte, bien entendu, que tous les passants de la rue étaient complices. Ils étaient tous engagés pour la soirée.

– J'en étais quasiment sûr.

– Ensuite, quand la bagarre se déclara, je dissimulai au creux de ma paume un peu de peinture rouge liquide. Puis je me précipitai, tombai, et me plaquai la main sur le visage – ce qui me permit d'offrir le lamentable spectacle auquel vous avez assisté. Il s'agit d'un vieux tour.

– Cela aussi, je l'avais saisi.

– On me transporta ensuite à l'intérieur. Elle était obligée de me laisser entrer. Que pouvait-elle faire d'autre ? Dans son salon, qui plus est : la pièce même sur laquelle portaient mes soupçons. La photographie devait se trouver là, ou alors dans sa chambre, et j'étais décidé à trancher. On m'allongea sur un canapé, puis je fis mine de peiner à respirer. On ne pouvait faire autrement que d'ouvrir la fenêtre et, du coup, vous teniez l'occasion d'agir.

– En quoi cela vous aida-t-il ?

– Votre intervention était capitale. Quand une femme croit sa maison en feu, son instinct la pousse immédiatement à se précipiter vers ce à quoi elle tient le plus. C'est là une impulsion totalement irrésistible, dont j'ai tiré parti plus d'une fois. Lors du scandale Darlington, cette histoire de substitution, cela me fut très utile, ainsi que dans l'affaire du Château Arnsworth. Une mère se rue sur son enfant, une demoiselle sur sa boîte à bijoux. Il était évident pour moi que la dame à laquelle nous nous intéressons ne possédait rien de plus précieux à ses yeux que l'objet que nous recherchons. Elle se hâterait donc de le mettre à l'abri des flammes.

» L'alerte au feu fut admirablement bien menée. Entre la fumée et les cris, il y avait de quoi ébranler les nerfs les plus solides. Elle réagit de façon on ne peut plus satisfaisante. La photographie se trouve dans une niche[1], dissimulée par un panneau coulissant, juste au-dessus de la sonnette de droite. Elle y courut aussitôt, et j'entraperçus la photographie quand elle l'eut à demi sortie de sa cache. Au moment où je criai qu'il s'agissait d'une fausse alerte, elle la remit en place, jeta un coup d'œil à la cartouche fumigène et quitta précipitamment la pièce. Je ne l'ai pas revue depuis. Je me levai alors et, tout en me confondant en excuses, déguerpis de *Briony Lodge*. Je me demandai un instant si je ne devrais pas tenter de m'emparer immédiatement de la photographie, mais le cocher était entré et, comme il me surveillait de près, je jugeai plus sûr d'attendre. Un léger excès de précipitation peut tout anéantir.

– Et maintenant ? demandai-je.

– Nos recherches sont pratiquement terminées. Je lui rendrai visite demain avec le roi et vous, si cela vous tente. On nous fera passer au salon pour attendre la dame, mais il est probable qu'en y arrivant elle ne trouvera ni ses visiteurs, ni la photographie. Le roi devrait avoir plaisir à récupérer ce cliché lui-même.

– Quand projetez-vous de rendre visite à cette dame ?

– Demain matin, à 8 heures. Elle ne sera pas encore levée – ce qui nous laissera le champ libre. Du reste, nous devons agir sans perdre de temps, car ce mariage risque d'occasionner un changement radical de ses habitudes et de son mode de vie. Il faut que j'expédie un câble[2] au roi sans tarder.

Nous étions arrivés à Baker Street et nous trouvions devant la porte. Holmes fouillait ses poches pour y trouver la clé, quand un passant lança :

notes

1. niche : renfoncement pratiqué dans un mur.

2. un câble : un message télégraphique.

– Bonsoir, monsieur Sherlock Holmes.

Plusieurs personnes se trouvaient alors sur le trottoir, mais il semblait que ce salut avait été adressé à mon ami par un jeune homme mince portant une houppelande, qui s'éloignait d'un pas vif.

– J'ai déjà entendu cette voix-là, fit Holmes en scrutant la rue faiblement éclairée. Je me demande de qui diable il pouvait bien s'agir.

3

Cette nuit-là, je restai dormir à Baker Street. Au matin, alors que nous étions attablés devant toasts et café, le roi de Bohême fit irruption dans la pièce.

– Alors, vous l'avez vraiment retrouvée ! s'écria-t-il, empoignant Holmes par les épaules et le dévisageant intensément.

– Pas encore.

– Mais vous avez bon espoir ?

– J'ai bon espoir, en effet.

– Alors venez. J'ai grand-hâte d'y aller.

– Il faut que nous prenions un fiacre.

– Inutile, mon coupé nous attend.

– Dans ce cas, voilà qui simplifie les choses.

Nous descendîmes et nous mîmes, une fois de plus, en route pour *Briony Lodge*.

– Irene Adler est mariée, déclara Holmes.

– Mariée ! Depuis quand ?

– Hier.

– Mais à qui ?

– À un juriste anglais nommé Norton.

– Mais il est impossible qu'elle l'aime.

– J'espère bien que si.

– Pourquoi l'espérez-vous ?

– Parce que cela épargnerait à Votre Majesté quelque désagrément que ce soit à l'avenir. Si la dame aime son mari, elle n'aime pas Votre Majesté. Et si tel est le cas, il n'y a aucune raison qu'elle cherche à s'immiscer dans le projet de mariage de Votre Majesté.

– C'est juste. Et pourtant... Ah ! J'aurais aimé que son rang s'accorde au mien. Quelle reine elle aurait faite !

Le roi se plongea alors dans un silence morose jusqu'à ce que nous nous arrêtions dans Serpentine Avenue.

La porte de *Briony Lodge* était ouverte et sur le perron se tenait une femme âgée, qui nous observa d'un œil sardonique[1] descendre du coupé.

– Monsieur Sherlock Holmes, je suppose ? s'enquit-elle.

– C'est moi, répondit mon compagnon en lui adressant un regard interrogateur et passablement surpris.

– Vraiment ! Madame m'a prévenue que vous viendriez probablement. Elle est partie ce matin avec son mari. Ils ont pris le train de 5 h 15 à Charing Cross, pour le continent.

– Quoi ! (Sherlock Holmes recula en titubant, blême de déception et de surprise mêlées.) Vous voulez dire qu'elle a quitté l'Angleterre ?

– Définitivement.

– Et les documents ? bredouilla le roi d'une voix rauque. Tout est perdu.

– Nous allons voir ça.

Sherlock Holmes écarta sans ménagements la gouvernante et se précipita dans le salon, suivi du roi et de moi-

notes

1. sardonique : moqueur.

même. Nous y trouvâmes les meubles sens dessus dessous, étagères éparses et tiroirs béants, comme si la dame les avait fouillés en toute hâte avant de s'enfuir. Holmes se précipita vers la sonnette, arracha un petit panneau coulissant et, plongeant la main dans la niche, en retira une photographie et une lettre. Le cliché représentait Irene Adler en robe du soir, la lettre portait la suscription suivante : « *Pour Mr Sherlock Holmes* Esq. *Ne pas déplacer jusqu'à réclamation.* » Mon ami décacheta vivement l'enveloppe, puis nous lûmes tous les trois le message, daté de la veille à minuit et ainsi rédigé :

Mon cher monsieur Sherlock Holmes,

C'était réellement très bien joué de votre part. Je me suis fait blouser[1] *de bout en bout. Aucun soupçon ne m'effleura jusqu'à ce que l'alerte au feu soit donnée. Alors, quand je me rendis compte que je m'étais trahie, je commençai à réfléchir. Des mois auparavant, on m'avait mise en garde contre vous et prévenue que, si le roi engageait quelqu'un, ce serait certainement vous. On m'avait aussi donné votre adresse. Et voilà qu'en dépit de tout cela, vous avez réussi à obtenir de moi ce que vous vouliez savoir. Cela dit, même après avoir éventé*[2] *la supercherie, je persistai à m'en vouloir de soupçonner un vieux monsieur aussi délicieux que ce prêtre. Mais je suis moi-même une actrice consommée, vous ne l'ignorez pas. Aussi le costume masculin n'a-t-il aucun mystère pour moi, qui profite souvent de la liberté qu'il procure. J'envoyai donc John, le cocher, vous surveiller, courus à l'étage, passai ce que j'appelle « ma tenue de promenade », et redescendis au moment même où vous quittiez la maison.*

notes

1. blouser : tromper.

2. éventé : deviné.

Là-dessus, je vous suivis jusqu'à votre porte, m'assurant ainsi que je faisais bel et bien l'objet de la curiosité du célèbre Mr Sherlock Holmes, et vous saluai – assez imprudemment d'ailleurs – avant de filer au Palais de Justice y retrouver mon époux.

Nous pensâmes l'un comme l'autre que la meilleure solution consistait à fuir, étant donné l'adversaire redoutable qui nous pourchassait. À votre arrivée, demain matin, vous trouverez donc la maison vide et l'oiseau envolé. Quant à la photographie, que votre client se rassure. Celui que j'aime et qui m'aime vaut mieux que lui. Le roi peut faire ce que bon lui plaira et cesser de redouter une intervention intempestive[1] *de celle qu'il a cruellement offensée. Je ne conserve ce cliché que pour me préserver moi-même et garder une arme qui me garantira toujours des démarches qu'il pourrait entreprendre à l'avenir. Je laisse une photographie qu'il aura peut-être plaisir à posséder, et tiens à vous adresser, cher monsieur Sherlock Holmes, l'expression de mes très chaleureux sentiments.*

Irene NORTON, née ADLER

– Quelle femme... Ah ! quelle femme ! s'écria le roi de Bohême quand nous eûmes tous les trois parcouru cette missive. Ne vous avais-je pas dit à quel point elle était vive et déterminée ? N'aurait-elle pas fait une reine admirable ? N'est-ce pas dommage qu'elle ne soit pas de mon niveau ?

– Ce que j'ai vu de la dame en question me laisse à penser qu'elle est, en effet, d'un tout autre niveau que Votre Majesté, répliqua froidement Holmes. Je suis navré de n'avoir pas été capable de clore l'affaire de Votre Majesté sur une note plus satisfaisante.

– Détrompez-vous, mon cher monsieur, vous n'auriez su mieux faire ! s'écria le roi. Je sais qu'elle n'a jamais manqué

notes

1. intempestive : déplacée.

à sa parole. La photographie eût-elle été mise au feu qu'elle ne se trouverait pas en lieu plus sûr.

– Je suis heureux d'entendre Votre Majesté l'affirmer.

– Ma dette envers vous est immense. Dites-moi, je vous prie, de quelle manière je pourrais vous récompenser. Cette bague...

Il ôta de son doigt un anneau en forme de serpent serti d'une émeraude, et le tendit à Holmes sur le plat de la paume.

– Votre Majesté possède une chose à laquelle j'attacherais encore plus de prix, fit ce dernier.

– Vous n'avez qu'à la nommer.

– Cette photographie !

Le roi le dévisagea, ahuri.

– La photographie d'Irene ! s'écria-t-il. Mais certainement, si c'est là ce que vous souhaitez.

– Je remercie Votre Majesté. Là-dessus, il n'y a rien que nous puissions faire de plus. J'ai l'honneur de vous souhaiter une excellente journée.

Holmes inclina le buste, puis, tournant les talons sans accorder un regard à la main que le roi lui tendait, se mit en route avec moi en direction de son appartement.

Ce fut donc ainsi qu'un grand scandale menaça le royaume de Bohême, et que la meilleure stratégie de Mr Sherlock Holmes fut mise en déroute par la perspicacité d'une femme. Naguère, il se gaussait[1] souvent de l'ingéniosité féminine, mais depuis quelque temps, je ne l'entends plus le faire. Et quand il parle d'Irene Adler, ou qu'il évoque sa photographie, c'est immanquablement sous le titre insigne[2] de *la* femme.

notes

1. se gaussait : se moquait. ***2. insigne :*** éclatant.

Au fil du texte

Questions sur *Scandale en Bohême* (pages 7 à 44)

QUE S'EST-IL PASSÉ ?

1. Complétez le résumé de la nouvelle.

Sherlock Holmes attend un visiteur masqué quand Watson se présente. Il lui montre la lettre expédiée par son mystérieux client. Celle-ci vient d'un pays ...., la Bohême, et son auteur est manifestement de nationalité ....

Ce personnage arrive chez Holmes avec un .... sur le visage. Mais très vite son identité est dévoilée par Sherlock Holmes : il s'agit en fait du .... de Bohême. Ce dernier souhaiterait récupérer une .... compromettante prise en compagnie de l'aventurière Irene .... Ce document peut en effet ruiner les projets de .... du visiteur. Le lendemain, Sherlock Holmes retrouve Watson vers .... pour lui raconter ses recherches et ses projets. Alors qu'il prenait en filature Irene et ...., il les retrouve dans une église et devient inopinément le .... de leur mariage. Le détective sollicite l'aide de Watson et organise une rixe pour pénétrer chez Irene. Mais celle-ci ne se laissera pas .... et le dupeur sera dupé ! Sherlock Holmes gardera un souvenir de cette aventure, où sa perspicacité habituelle fut mise en échec. Lorsque son client lui propose une bague en forme de .... pour le récompenser, le détective avoue préférer la .... d'Irene.

AVEZ-VOUS BIEN LU ?

2. Pour quelle raison le narrateur* n'a-t-il pas vu Sherlock Holmes depuis quelque temps ?

3. En quelle année l'histoire relatée dans cette nouvelle est-elle censée se dérouler ?

4. Quelle est la première observation de Sherlock Holmes quand il retrouve son ami Watson ?

5. Quelle est la profession de Watson ?

6. En vous aidant de la note de la page 15, expliquez ce qu'est un hagiographe.

narrateur : **celui qui raconte l'histoire.**

7. Combien de temps Holmes et Watson doivent-ils garder le silence sur l'affaire ?

8. Quelle est la profession officielle d'Irene Adler ?

9. Quelle est la profession de Godfrey Norton ?

10. Que donne Irene Adler à Sherlock Holmes pour le récompenser de son intervention dans l'église ?

11. Quel objet Sherlock Holmes confie-t-il à Watson pour que celui-ci intervienne ?

12. Que doit crier Watson à ce moment-là ?

13. Quels sont les deux déguisements de Sherlock Holmes dans cette nouvelle ?

14. Qui adresse un salut amical et sonore à Holmes à la fin de la deuxième partie ?

15. Qui reçoit le détective quand il se rend au domicile d'Irene Adler accompagné du roi ?

ÉTUDIER L'ORTHOGRAPHE

16. Dans le passage suivant (lignes 73 à 79), transposez le mot *« compagnon »* au pluriel et faites les changements nécessaires.

« Toutefois, mon compagnon de naguère eut plaisir, je crois, à me revoir. Presque sans proférer un mot mais avec un regard cordial, il me désigna un fauteuil, m'expédia sa boîte de cigares [...] et m'indiqua une cave à liqueurs et un siphon d'eau de Seltz dans le coin de la pièce. Puis il se planta devant le feu et me toisa de haut en bas. »

17. Expliquez l'orthographe des mots soulignés dans les phrases suivantes (pour les accords du participe passé, vous veillerez à rappeler la règle utilisée dans chacun des cas).

a) « Jouer à l'amant l'eût placé dans une position fausse. » (lignes 10-11)

b) « Je n'avais guère vu Holmes, ces derniers temps, mon mariage nous ayant éloignés l'un de l'autre. » (lignes 26-27)

c) « Le bonheur complet dans lequel je vivais, et la foule de préoccupations relatives à son nouveau foyer qui ne manquent pas d'assaillir l'homme accédant pour la première fois au rang de maître de maison suffisaient en effet à m'accaparer tout entier. » (lignes 27 à 31)

d) « Vous vous êtes trouvé sous une averse diluvienne qui vous a trempé comme une soupe. » (lignes 91-92)

e) « Quant à Mary Jane, elle est incorrigible aussi ma femme lui a-t-elle donné ses huit jours. » (lignes 101 à 103)

f) « Sa cape bleu marine doublée de soie rouge feu [...] était fermée [...] par une broche faite d'un unique et flamboyant béryl. » (lignes 237 à 239)

g) « Holmes avait adopté un système de classification par catalogue de tous les articles concernant les gens et les choses. » (lignes 330 à 332)

h) « Elle [...] donne des récitals. » (ligne 517)

i) « [...] déboucha un joli petit landau conduit par un cocher à la veste à demi boutonnée. » (lignes 569-570)

j) « Je perçus des silhouettes s'agitant en tous sens. » (lignes 825-826)

ÉTUDIER LE VOCABULAIRE

18. Relevez les mots qui désignent des monnaies dans cette nouvelle. Vous expliquerez l'origine des mots cités.

19. Donnez l'étymologie* du mot « *quolibet* » et utilisez-le dans une phrase de votre choix.

20. Cherchez l'origine du mot « *bohème* » dans l'expression « *avoir une âme bohème* », puis citez un mot de la même famille.

21. Quelle est l'origine de l'expression « *être trempé comme une soupe* » ? Vous expliquerez le sens du mot « *soupe* » ici.

22. Le mot « *bonniche* » est un mot péjoratif*. Donnez deux mots pour désigner le même métier qui ne seront pas péjoratifs.

23. Après avoir trouvé l'étymologie* du mot « *stéthoscope* », vous citerez d'autres mots construits avec le même suffixe.

24. Le mot « *missive* » vient du verbe latin *mittere* qui signifie « envoyer ». Cherchez d'autres mots dérivés de cette racine latine en français et donnez leur signification principale.

25. Cherchez l'étymologie* du mot « *hagiographie* » et donnez trois autres mots qui utilisent le suffixe *-graphie*.

26. Quels sont les mots utilisés en français pour désigner une lettre que l'on envoie ?

27. Irene Adler a une voix de « *contralto* ». Connaissez-vous d'autres mots qui qualifient les voix féminines et les voix masculines dans le chant lyrique ?

***étymologie* :** **origine d'un mot.**

***péjoratif* :** **exprimant un jugement négatif.**

28. Relevez les noms de métier dans la nouvelle.

29. Recherchez l'origine de l'expression « *membre du barreau* » utilisée pour désigner un avocat.

30. Donnez deux noms de la famille du verbe « *objecter* » et utilisez-les dans une phrase de votre choix.

31. Quel est le nom présent dans l'expression « *conter fleurette* » ? Comment est-il construit ?

32. Donnez trois synonymes et un antonyme* du mot « *charivari* ».

antonyme : mot de sens contraire.

33. Donnez l'étymologie et la signification du mot « *candide* ».

ÉTUDIER LA GRAMMAIRE

34. Dites quel est le temps des verbes soulignés dans les phrases suivantes et expliquez son emploi.

a) « Si vous aviez vécu quelques siècles plus tôt, on vous aurait probablement brûlé vif. »

b) « Je n'en reste pas moins décontenancé jusqu'à ce que vous expliquiez votre cheminement. »

c) « Il se peut que j'aie besoin de votre aide. »

d) « Sa mise était à ce point somptueuse qu'en Angleterre, on eût estimé qu'elle frisait le mauvais goût. »

e) « Sachez que c'est une femme d'une trempe impitoyable. »

f) « Tout habitué que je fusse au surprenant talent avec lequel mon ami usait du travestissement, je dus y regarder à trois fois pour m'assurer qu'il s'agissait bel et bien de lui. »

g) « Bien qu'elle ne présentât aucune des macabres et étranges caractéristiques dont s'accompagnaient les deux crimes que j'avais relatés, la teneur de cette affaire et le rang du client concerné lui conféraient une originalité en soi. »

h) « C'est le plus ravissant minois qu'une coiffe ait jamais abrité. »
i) « Quand ils m'eurent dit tout ce qu'ils pouvaient m'apprendre, je me remis à faire les cent pas dans les parages. »
j) « La lueur des lanternes latérales d'une voiture surgit au détour de l'avenue. Un élégant petit landau s'avança jusqu'à la porte de Briony Lodge. *»*
k) « Holmes marcha d'un bon pas et sans mot dire pendant quelques minutes jusqu'à ce que nous eussions bifurqué dans l'une des rues tranquilles qui mènent à Edgeware Road. »
l) « Quand une femme croit sa maison en feu, son instinct la pousse immédiatement à se précipiter vers ce à quoi elle tient le plus. »

35. **Transformez les phrases suivantes en phrases actives.**
a) « Je fus saisi d'une impérieuse envie de revoir Holmes. »
b) « Cette opinion vous concernant nous a de toutes parts été confirmée. »
c) « Cinq tentatives ont été organisées. »
d) « La maison a été cambriolée deux fois. »
e) « Il semblait que ce salut avait été adressé à mon ami par un jeune homme mince portant une houppelande. »
f) « Sa cape bleu marine était fermée sous le menton par une broche faite d'un unique et flamboyant béryl. »

36. **Transformez les phrases suivantes en phrases passives.**
a) « On frappa quelques coups sonores et péremptoires. »
b) « De larges bandes d'astrakan barraient les manches et le plastron de sa vareuse. »
c) « Un loup noir lui masquait le haut du visage jusqu'aux pommettes. »
d) « Cette affaire met en cause l'illustre maison d'Ormstein. »

e) « Plusieurs années auparavant, Holmes avait adopté un système de classification par catalogue de tous les articles concernant les gens et les choses. »
f) « Votre Majesté a bel et bien commis une imprudence. »
g) « Il faut récupérer cette photographie. »
h) « Holmes griffonna un reçu sur une feuille de son carnet et le tendit au roi. »

ÉTUDIER LES PERSONNAGES

37. Selon vous, pour quelles raisons le personnage d'Irene Adler fascine-t-il autant Sherlock Holmes ? Irene Adler se moque-t-elle du détective dans la lettre qu'elle lui adresse ?

38. Pourquoi le roi de Bohême arrache-t-il le masque qui est censé dissimuler son identité dans la première entrevue avec Sherlock Holmes ?

39. Pour quelle raison le roi de Bohême n'a-t-il pas épousé Irene Adler ? Citez la phrase qui l'explique. Trouvez-vous cette explication satisfaisante et compréhensible ?

40. Que veut dire le mot *« scrupules »* ? À quel moment le narrateur éprouve-t-il des scrupules ? Relevez une phrase qui en témoigne.

ÉTUDIER LE GENRE

41. Relevez les différentes remarques faites par Sherlock Holmes à Watson qui démontrent ses qualités d'observation.

42. Pourquoi les déguisements de Sherlock Holmes sont-ils utiles dans cette nouvelle ?

43. Notez les différentes qualités de Sherlock Holmes qui expliquent ses talents de détective.

44. Combien de fois Sherlock Holmes est-il piégé dans cette nouvelle ?

45. Peut-on dire que, dans cette nouvelle, le détective agit à la fois comme un metteur en scène et comme un acteur ? Vous justifierez votre réponse en relevant un passage de la nouvelle qui illustrera votre propos.

46. Relevez une phrase qui montre que Sherlock Holmes est un détective habitué à la solitude.

ÉTUDIER LE DISCOURS

47. Tous les dialogues de la nouvelle sont-ils accompagnés de verbes d'énonciation* distribuant la parole des personnages ? Vous illustrerez votre réponse avec des citations ou des références précises.

48. Relevez un passage ironique dans le dernier échange entre Sherlock Holmes et le roi de Bohême et expliquez les propos ironiques.

49. Relevez deux citations qui comportent des propos élogieux de Watson à l'égard de Sherlock Holmes.

ÉTUDIER L'ÉCRITURE

50. Combien de parties composent cette nouvelle ? Vous donnerez un titre à chacune d'elles.

51. Relevez quelques termes dépréciatifs* utilisés dans la description du roi de Bohême.

verbe d'énonciation : **verbe indiquant une prise de parole.**

terme dépréciatif : **terme exprimant un jugement négatif.**

52. Comparez ce portrait aux notations descriptives concernant Godfrey Norton. Quelle conclusion peut-on tirer de cette comparaison ?

LIRE L'IMAGE

53. Quel dessinateur français a consacré une série de gravures à Londres ? Recherchez un exemple dans votre livre.

54. Le peintre Claude Monet a séjourné à Londres. Documentez-vous sur le séjour de Claude Monet et préparez un exposé pour présenter les tableaux de cette époque.

À VOS PLUMES !

55. Le personnage d'Irene Adler n'est pas vraiment décrit dans la nouvelle. Imaginez une rencontre entre Sherlock Holmes et Irene Adler, quelques années plus tard, et insérez un passage descriptif consacré à Irene.

56. Imaginez une enquête policière où une photographie jouera le rôle principal.

57. Racontez un épisode de votre vie où les circonstances vous ont obligé(e) à agir de façon totalement imprévue. Vous évoquerez, dans ce récit à la première personne, vos sentiments et vos réactions.

58. Imaginez la lettre qu'envoie Sherlock Holmes en réponse à celle d'Irene Adler citée dans la dernière partie de la nouvelle. Vous veillerez à respecter la présentation d'une lettre.

59. Rédigez un article consacré aux exploits et à la biographie d'Irene Adler. Vous veillerez à inventer des épisodes et à constituer une notice complète.

L'Aventure de la bande mouchetée

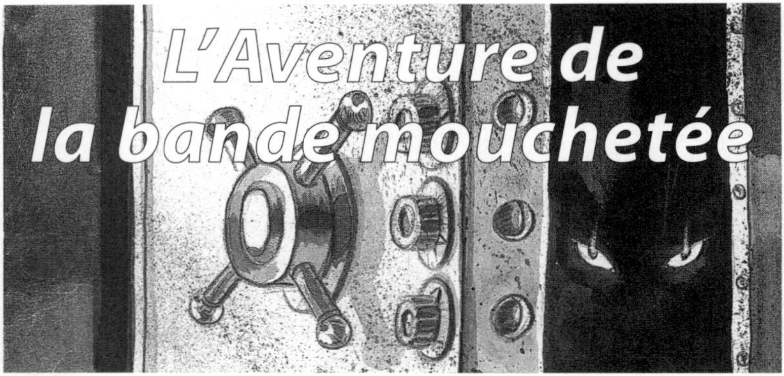

En consultant mes notes sur les quelque soixante-dix affaires m'ayant permis, ces huit dernières années, d'observer les méthodes de mon ami Sherlock Holmes, j'en trouve qui relatent des événements tragiques, d'autres comiques, simplement étranges pour un grand nombre, mais jamais banals. Œuvrant comme il le faisait plutôt pour l'amour de son art que pour s'enrichir, il refusa de se commettre avec[1] la moindre enquête n'inclinant pas vers l'insolite, voire l'invraisemblable. Toutefois, parmi ces affaires multiples et variées, aucune, à ma souvenance[2], ne présenta plus singulières caractéristiques que celle qui affecta une célèbre famille du Surrey[3] : les Roylott, de *Stoke Moran*. Les événements en question survinrent dans les premiers temps de ma collaboration avec

notes

1. se commettre avec : se compromettre avec, se risquer avec.

2. à ma souvenance : dans ma mémoire.

3. Surrey : région située dans la partie sud du bassin de Londres.

Holmes. Célibataires tous deux, nous partagions l'appartement de Baker Street. J'aurais pu en faire publier plus tôt le récit, mais à l'époque, je promis de tenir la chose secrète – promesse dont je me trouvai affranchi[1] le mois dernier par suite du décès prématuré de la dame envers qui je m'étais engagé. Il n'est peut-être pas mauvais que ces circonstances se fassent jour[2] à présent, car j'ai quelques raisons de croire que les bruits colportés au sujet de la mort du Dr Grimesby Roylott rendent cette histoire encore plus terrifiante que la réalité.

Au début du mois d'avril de l'année 1883, en m'éveillant un matin, je trouvai Sherlock Holmes habillé de pied en cap[3], debout à côté de mon lit. En principe, il se levait tard. Or, la pendule, sur la cheminée, m'indiquait 7 heures et quart à peine ; aussi levai-je vers lui un regard papillotant[4] non dénué d'une certaine surprise, voire, peut-être, d'un soupçon de rancœur, car j'observais pour ma part des habitudes bien réglées.

– Tout à fait navré de vous tirer du lit, Watson, me dit-il. Mais c'est notre lot commun, ce matin. Mrs Hudson[5] s'est fait tirer du lit, puis m'a rendu la pareille, et je fais de même avec vous.

– Qu'y a-t-il donc... un incendie ?

– Non, une cliente. Il paraît qu'une jeune femme est arrivée dans un état de nervosité extrême et insiste pour me rencontrer. Elle attend en ce moment même dans le salon. Or, pour qu'une jeune femme déambule dans les rues de la capitale à une heure pareille le matin, et tire du lit les braves

notes

1. ***affranchi :*** libéré.
2. ***se fassent jour :*** soient révélées.
3. ***de pied en cap :*** de la tête aux pieds.
4. ***papillotant :*** hésitant.
5. ***Mrs Hudson :*** la gouvernante de Baker Street.

gens endormis, il faut à mon avis qu'elle ait quelque chose de fort urgent à communiquer. S'il devait advenir qu'il s'agît d'une affaire intéressante, je suis certain que vous aimeriez la suivre dès le départ. Je me suis dit, en tout cas, que je ferais bien de venir vous avertir pour vous en donner l'occasion.

– Mon cher Holmes, je ne la manquerais pour rien au monde.

Je n'avais pas de plus grand plaisir, en effet, que de suivre Holmes dans ses enquêtes et d'admirer les déductions rapides, aussi promptes que des intuitions, mais toujours fondées sur une base logique, grâce auxquelles il démêlait les problèmes qui lui étaient soumis. Je m'habillai en hâte et, quelques minutes plus tard, me trouvai prêt à descendre au salon en compagnie de mon ami. Une dame tout de noir vêtue et portant une épaisse voilette[1] nous y attendait, assise dans le renfoncement de la fenêtre. Elle se leva quand nous entrâmes.

– Bonjour, madame, lança Holmes d'un ton allègre[2]. Je m'appelle Sherlock Holmes. Voici mon associé et ami intime le Dr Watson, en présence de qui vous pouvez parler aussi librement qu'avec moi. Ha ! je suis bien aise de voir que Mrs Hudson a eu la bonne idée d'allumer le feu. Approchez-vous de la cheminée, je vous en prie, et je vais vous faire préparer une tasse de café bien chaud, car je remarque que vous grelottez.

– Ce n'est pas le froid qui me fait trembler ainsi, répondit la femme d'une voix sourde, en approchant sa chaise comme l'y enjoignait[3] mon ami.

notes

1. *voilette* : petit voile transparent porté sur le chapeau pour dissimuler le visage.

2. *allègre* : joyeux.

3. *enjoignait* : invitait.

– Qu'est-ce, alors ?

– C'est la peur, monsieur Holmes. La terreur.

Ce disant, la jeune femme souleva sa voilette, et nous pûmes constater qu'elle était en effet dans un état d'anxiété consternant, le visage tout crispé, blafard, et le regard fébrile[1], plein d'effroi d'un animal traqué. Ses traits et sa silhouette étaient ceux d'une femme de trente ans, mais dans sa chevelure couraient déjà des mèches grises, et son expression trahissait lassitude et préoccupation. Sherlock Holmes considéra son interlocutrice, lui décochant l'un de ses petits coups d'œil prestes[2] auxquels rien n'échappait.

– Vous n'avez rien à craindre, dit-il d'un ton apaisant, se penchant en avant pour lui tapoter le bras. Nous allons bien vite arranger les choses, j'en suis convaincu. Vous êtes venue par le train ce matin, à ce que je vois.

– Vous m'avez donc déjà vue ?

– Non pas, mais je vois le ticket non oblitéré d'un aller-retour dans la paume de votre gant gauche. Vous devez être partie de bonne heure, après quoi vous avez parcouru une bonne distance en dog-cart[3] sur des routes boueuses, avant d'arriver à la gare.

La dame sursauta violemment et dévisagea mon compagnon, l'air désorienté.

– Ne voyez là aucun mystère, chère madame, déclara ce dernier en souriant. La manche gauche de votre jaquette[4] présente de petites éclaboussures de boue en rien moins que sept endroits différents. Ces traces sont parfaitement fraîches.

notes

1. *fébrile* : nerveux.

2. *prestes* : rapides, agiles.

3. *dog-cart* : voiture à deux roues dont la caisse était aménagée pour loger des chiens de chasse (d'où le nom *dog*) sous le siège.

4. *jaquette* : vêtement à pans ouverts descendant jusqu'aux genoux.

Or, nul autre véhicule qu'un dog-cart ne projetterait ainsi de la boue, et ce, seulement si l'on s'assied à gauche du conducteur.

– Quels que puissent être vos arguments, vous voyez parfaitement juste, confirma la dame. Je suis partie avant 6 heures, arrivée à Leatherhead à 6 h 20 et, de là, j'ai pris le premier train à destination de Waterloo. Je ne puis endurer plus longtemps cette tension, monsieur. Si cela continue, je vais devenir folle. Je n'ai personne vers qui me tourner... aucun ami, sauf un, qui m'aime, encore qu'il ne puisse guère me venir en aide, le pauvre. J'ai entendu parler de vous, monsieur Holmes. J'ai entendu parler de vous par Mrs Farintosh[1], à qui vous avez apporté votre aide à l'époque où elle lui était cruellement nécessaire. C'est d'elle que je tiens votre adresse. Oh ! monsieur, ne pensez-vous pas que vous pourrez m'aider, moi aussi, ou au moins éclairer un tant soit peu les ténèbres épaisses qui m'environnent ? Je n'ai pas le pouvoir, pour l'heure, de rétribuer[2] vos bons offices[3], mais d'ici un mois à six semaines je serai mariée et disposerai à mon gré[4] de mes propres revenus. Au moins, à ce moment-là, pourrai-je vous prouver ma gratitude[5].

Holmes se tourna vers son secrétaire, l'ouvrit d'un tour de clé, et en tira un petit carnet qu'il consulta.

– Farintosh, fit-il. Ah ! oui, je me souviens de l'affaire. Il y était question d'un diadème[6] serti d'opales[7]. Je crois que cela date d'avant votre arrivée, Watson. Tout ce que je puis

notes

1. *Mrs Farintosh* : cette affaire ne sera pas relatée par Conan Doyle dans les textes consacrés aux exploits de Sherlock Holmes.

2. *rétribuer* : payer.

3. *vos bons offices* : vos services.

4. *à mon gré* : selon ma volonté.

5. *ma gratitude* : ma reconnaissance.

6. *diadème* : bijou féminin en forme de couronne.

7. *opales* : pierres précieuses.

affirmer, madame, c'est que je serai très heureux d'étudier votre affaire aussi diligemment[1] que je le fis dans le cas de votre amie. Quant à ma rétribution, la profession que j'exerce en est une en soi, mais vous avez toute latitude[2] pour me défrayer[3] des dépenses qui risquent de m'incomber[4] quand cela vous siéra[5]. Sur ce, je vais vous prier de bien vouloir nous exposer tout ce qui pourra nous aider à nous forger une opinion sur la question.

– Hélas ! reprit notre visiteuse. L'horreur même de ma situation tient au fait que mes craintes sont si vagues et mes soupçons fondés uniquement sur de petits détails infimes pour tout autre que moi... Même celui à qui je pourrais demander aide et conseils considère tout ce dont je lui fais part comme des idées de femme nerveuse. Il ne le dit pas, mais je le comprends au travers de ses réponses apaisantes, ses regards qui se dérobent. Néanmoins, monsieur Holmes, on m'a dit que vous étiez capable de scruter en profondeur les multiples vices de l'âme humaine. Vous pourrez sans doute me dire comment avancer au milieu des dangers qui m'environnent.

– Je suis tout ouïe, madame.

– Je m'appelle Helen Stoner et je vis avec mon beau-père, dernier survivant de l'une des plus anciennes familles saxonnes d'Angleterre, les Roylott, demeurant à *Stoke Moran*, à la limite ouest du Surrey.

Holmes acquiesça[6] d'un signe de tête.

– Ce nom ne m'est pas inconnu, dit-il.

notes

1. diligemment : soigneusement.

2. toute latitude : toute liberté.

3. défrayer : payer, dédommager.

4. incomber : être nécessaire.

5. siéra : sera possible, plaira.

6. acquiesça : approuva.

– Il fut un temps où la famille comptait au nombre des plus riches d'Angleterre ; ses terres s'étendaient au-delà de la limite du Berkshire, au nord, et du Hampshire, à l'ouest. Toutefois, au siècle dernier, se succédèrent quatre héritiers de tempérament dissolu[1] et prodigue[2] ; un joueur mit la dernière main à la ruine de la famille, au temps de la Régence. Rien ne subsista, exception faite d'un parc de quelques hectares et du manoir vieux de deux cents ans, grevé d'une écrasante hypothèque[3]. Le dernier propriétaire traîna là une lamentable existence d'indigent titré[4]. En revanche, son fils unique – mon beau-père –, comprenant qu'il devait s'adapter aux nouvelles conditions de vie, se fit avancer de l'argent par un parent – ce qui lui permit d'obtenir un diplôme de médecin. Il partit s'établir à Calcutta ; grâce à sa compétence et à sa force de caractère, il acquit une vaste clientèle. Toutefois, lors d'un accès de rage suscité par quelques larcins[5] perpétrés à son domicile, il battit à mort son domestique indigène et échappa de peu à la peine capitale. De fait, il purgea une longue peine de prison ; ce fut en homme aigri et déçu qu'il regagna l'Angleterre.

» Durant son séjour aux Indes, le Dr Roylott épousa ma mère, jeune veuve du général de division Stoner, de son vivant commandant du régiment d'artillerie du Bengale. Ma sœur Julia et moi, qui étions jumelles, n'avions que deux ans à l'époque du remariage de notre mère. Celle-ci disposait d'une fortune considérable – 1 000 livres sterling par an, au bas mot – dont elle légua intégralement l'usufruit[6]

notes

1. dissolu : corrompu, débauché.

2. prodigue : dépensier.

3. grevé d'une* [...] *hypothèque : les propriétaires du manoir ont échangé leur titre de propriété contre le remboursement de leur dette.

4. indigent titré : pauvre avec un titre de noblesse.

5. larcins : vols.

6. l'usufruit : le bénéfice.

au Dr Roylott tant que nous resterions sous son toit ; une clause restrictive[1] stipulait[2] toutefois qu'une somme annuelle devrait nous être allouée[3], à ma sœur et à moi, en prévision de notre mariage. Peu après notre retour en Angleterre, ma mère mourut – elle fut victime d'un accident de chemin de fer survenu près de Crewe, il y a huit ans de cela. Le Dr Roylott abandonna alors les démarches qu'il avait entreprises pour ouvrir un cabinet à Londres, et nous emmena vivre avec lui dans le vieux manoir de ses ancêtres, à *Stoke Moran*. L'argent laissé par ma mère suffisait à pourvoir à tous nos besoins, et il semblait que rien ne dût faire obstacle à notre bonheur.

» Mais à cette époque-là, un effroyable changement survint chez notre beau-père. Au lieu de lier amitié avec nos voisins et de les fréquenter – ils s'étaient tout d'abord vivement réjouis de voir un Roylott de *Stoke Moran* occuper à nouveau la vieille demeure, berceau de la famille –, il se claquemura[4] dans son manoir, n'en sortant pratiquement jamais, sauf pour chercher querelle à tous ceux qui venaient à croiser ses pas. Un caractère violent confinant à la folie furieuse est un trait d'hérédité parmi les hommes de cette famille. Dans le cas de mon beau-père, je crois que cette tendance s'était accrue du fait de son séjour prolongé sous les Tropiques. Les esclandres[5] déshonorants se succédèrent, s'achevant par deux fois au tribunal. Mon beau-père finit bientôt par devenir la terreur du village. Les gens fuyaient à son approche, car c'est un homme d'une force herculéenne[6], qui échappe à tout contrôle lorsque la colère le prend.

notes

1. clause restrictive : note dans le contrat.

2. stipulait : précisait.

3. allouée : donnée.

4. se claquemura : s'enferma.

5. esclandres : scandales.

6. herculéenne : immense (allusion au héros mythologique Hercule).

» La semaine dernière, il expédia le forgeron du village dans un ruisseau, par-dessus le parapet, et je ne parvins à éviter un nouveau scandale qu'en versant tout l'argent qu'il me fut possible de réunir. Mon beau-père n'a pas le moindre ami, en dehors des Gitans de passage auxquels il permet d'établir leur campement sur les quelques hectares couverts de broussailles qui constituent le domaine familial. En échange, il accepte l'hospitalité de leurs tentes, et les accompagne parfois dans leurs déplacements pendant des semaines d'affilée. Il voue en outre une passion aux animaux des Indes, dont un correspondant lui expédie des spécimens, et possède pour le moment un guépard et un babouin en liberté dans le parc, inspirant presque autant de frayeur que leur maître aux gens du village.

» Vous comprenez sans peine, d'après ce que je vous dis là, que ma pauvre sœur Julia et moi ne menions pas une vie très réjouissante. Aucun domestique ne consentait à rester chez nous ; pendant longtemps, nous nous chargeâmes nous-mêmes de tous les travaux ménagers. Julia n'avait que 30 ans au moment de sa mort, mais ses cheveux commençaient déjà à blanchir, tout comme les miens.

– Ainsi, votre sœur est morte ?

– Son décès remonte à deux ans. C'est justement de cela que je souhaite vous parler. Vous comprenez bien qu'avec la vie que nous menions, nous ne risquions guère de fréquenter les gens de notre âge ou de notre rang. Nous avions cependant une tante, miss Honoria Westphail, sœur célibataire de notre mère vivant près de Harrow, à laquelle nous avions parfois le droit de rendre de courtes visites. Il y a deux ans, Julia se rendit chez cette dame à Noël, et rencontra là-bas un commandant de marine en demi-solde[1], avec qui elle se fiança. Mon beau-père, apprenant la nouvelle au retour de ma sœur, n'émit aucune objection à l'encontre de ce mariage, mais quinze jours avant la date des noces, un terrible événement me priva de ma seule compagne.

Sherlock Holmes, renversé contre le dossier de son fauteuil, les yeux clos et la tête calée contre un coussin, souleva alors à demi les paupières et regarda sa cliente.

– Soyez précise en ce qui concerne les détails, je vous prie, lui dit-il.

– Je n'aurai aucun mal, car chacun des éléments de cet effroyable épisode est gravé dans ma mémoire. Comme je vous l'ai déjà dit, le manoir est très ancien, aussi n'en occupons-nous qu'une aile. Les chambres y sont situées au rez-de-chaussée, les salons se trouvant dans la partie centrale de la maison. La première de ces chambres est celle du Dr Roylott, la deuxième celle de ma sœur, et la troisième la mienne. Ces pièces, qui ne communiquent pas entre elles, sont toutes desservies par un couloir commun. Me fais-je bien comprendre ?

– Parfaitement.

– Les fenêtres des trois pièces donnent sur une pelouse. Lors de cette nuit fatidique[2], le Dr Roylott s'était retiré de bonne heure dans sa chambre. Nous savions cependant qu'il ne l'avait pas fait pour se coucher, car ma sœur fut incommodée[3] par l'odeur forte des cigares indiens que le docteur fumait comme à son habitude. Elle quitta donc sa chambre et passa dans la mienne, où elle resta un moment pour

notes

1. demi-solde : salaire réduit d'un militaire inactif.

2. fatidique : terrible, fatale.

3. incommodée : gênée.

bavarder de son mariage tout proche. À 11 heures, elle se leva pour repartir, mais s'arrêta sur le pas de la porte et se retourna.

“Dis-moi, Helen, lança-t-elle, t'est-il déjà arrivé d'entendre quelqu'un siffler en plein milieu de la nuit ?

– Jamais, répondis-je.

– Tu ne sifflerais pas pendant ton sommeil ?

– Sûrement pas. Mais pourquoi cela ?

– Parce que cela fait quelques nuits qu'aux alentours de 3 heures du matin, j'entends toujours un sifflement étouffé, aigu. Cela me réveille, car j'ai le sommeil léger. Je ne saurais dire d'où provient ce bruit... peut-être de la pièce voisine, peut-être de la pelouse. Je me suis dit que je devrais te demander si tu l'avais entendu.

– Non, Julia. Mais ça doit être ces Gitans de malheur, dans le bois.

– C'est fort probable. Pourtant, si le sifflement venait de la pelouse, cela me surprend que tu ne l'aies pas entendu, toi aussi.

– J'ai le sommeil plus lourd que toi, tu sais.

– Oh ! de toute façon, ça n'a pas grande importance.”

» Là-dessus, elle me retourna mon sourire, ferma la porte et, quelques instants plus tard, j'entendis la clé tourner dans la serrure de sa chambre.

– Vraiment ! coupa Holmes. Aviez-vous coutume de fermer votre porte à clé tous les soirs ?

– Tous les soirs, oui.

– Et pourquoi cela ?

– Il me semble vous avoir dit que le docteur avait un guépard et un babouin. Nous ne nous sentions en sécurité qu'une fois notre porte fermée à clé.

– Fort bien. Poursuivez votre récit, je vous en prie.

– Cette nuit-là, je ne pus trouver le sommeil. Un vague

pressentiment m'oppressait. Ma sœur et moi, vous vous en souvenez, étions jumelles ; or, vous n'ignorez pas que des liens fort subtils unissent deux êtres partageant une si étroite similitude.

» Il faisait un temps épouvantable, cette nuit-là. Le vent hurlait dehors, et la pluie battait, giflant les fenêtres. Soudain, au cœur du tumulte de la tempête, s'éleva le hurlement sauvage d'une femme terrorisée. Je bondis hors de mon lit, m'enveloppai d'un châle et me précipitai dans le couloir. En ouvrant ma porte, il me sembla entendre un sifflement étouffé, tel que Julia me l'avait décrit et, quelques secondes plus tard, un claquement métallique, comme si une lourde masse d'acier était tombée. Au moment où j'accourais dans le couloir, la clé tourna dans la serrure de Julia et la porte pivota lentement sur ses gonds. Pétrifiée d'horreur, je regardai, ne sachant ce qui allait sortir de la chambre. À la lueur de la lampe du couloir, je vis ma sœur surgir dans l'encadrement de la porte, livide de frayeur, les mains battant l'air pour trouver de l'aide, vacillant tout entière d'avant en arrière comme un ivrogne. Je me précipitai pour la prendre dans mes bras ; à ce moment-là, ses genoux semblèrent céder et elle s'abattit sur le sol, saisie de spasmes comme quelqu'un qui souffre horriblement, les membres atrocement convulsés. Je crus d'abord qu'elle ne m'avait pas reconnue, mais comme je m'agenouillais à son côté, elle hurla tout à coup d'une voix que jamais je n'oublierai : "Oh ! mon Dieu ! Helen ! C'était la bande ! La bande mouchetée !" Il y avait autre chose qu'elle tenait à me dire, mais comme elle pointait le doigt vers la chambre du docteur, un nouveau spasme la saisit, étranglant les mots dans sa gorge. Je me ruai dans le couloir, appelant mon beau-père à grands cris, et le croisai qui accourait en robe de chambre. En arrivant près de ma sœur, il la trouva inconsciente. Il eut beau lui faire couler un peu de cognac entre les dents et envoyer quérir[1] du renfort médical au village, ses efforts ne servirent à rien. Julia sombra lentement et mourut sans avoir repris conscience. Telle fut la mort atroce que connut ma sœur bien-aimée.

– Un instant, coupa Holmes. Êtes-vous certaine d'avoir entendu ce sifflement et ce bruit métallique ? En jureriez-vous ?

– Ce fut précisément la question que me posa le coroner[2] du comté lors de l'enquête préliminaire. Je garde l'impression très nette d'avoir entendu cela ; pourtant, au milieu du fracas de la tempête et des grincements d'une vieille demeure, il se peut que je me sois trompée.

– Votre sœur était-elle habillée ?

– Non, elle était en chemise de nuit. Dans sa main droite on trouva l'extrémité d'une allumette consumée, dans l'autre une boîte d'allumettes.

– Elle avait donc craqué une allumette et regardé autour d'elle au moment où quelque chose l'alerta. C'est une précision importante. Quelles conclusions le coroner tira-t-il de tout cela ?

– Il enquêta avec grand soin, car l'inconduite du Dr Roylott était notoire[3] depuis longtemps, mais il ne parvint à trouver aucun motif plausible[4] de décès. Dans ma déposition, je déclarai que la porte était verrouillée de l'intérieur et les fenêtres protégées par des volets à l'ancienne pourvus d'épais loquets de fer, clos tous les soirs. On sonda soigneusement les murs, qui se révélèrent parfaitement solides dans toute la maison ; on examina minutieusement

notes

1. quérir : chercher.

2. le coroner : l'officier de police judiciaire dans les pays anglo-saxons.

3. notoire : connue.

4. plausible : crédible, vraisemblable.

les planchers pour aboutir au même résultat. La cheminée est large, mais barrée d'une grille formée de quatre crocs de bonne taille. On sait donc avec certitude que ma sœur était parfaitement seule lorsqu'elle trouva la mort. Qui plus est, on ne releva sur elle aucune trace de violence.

– Du poison, peut-être ?

– Les médecins qui l'examinèrent firent des recherches dans ce sens, en vain.

– Dans ce cas, de quoi pensez-vous que cette malheureuse jeune femme soit morte ?

– Je crois, pour ma part, qu'elle succomba à la seule terreur et au choc nerveux, quoique je sois bien en mal d'imaginer ce qui put l'effrayer à ce point.

– Les Gitans en question étaient-ils dans le domaine, à ce moment-là ?

– Oui, il y en a pratiquement toujours quelques-uns dans le bois.

– Ah ! Et que vous évoque cette bande mentionnée par votre sœur... une « bande mouchetée » ?

– Il m'arrive parfois de penser qu'il s'agissait de divagations[1] dues au délire, d'autres fois que Julia faisait peut-être allusion à quelque bande d'individus : aux Gitans, pourquoi pas. J'ignore complètement si les foulards à pois qu'un si grand nombre d'entre eux se nouent sur la tête auraient pu suggérer à ma sœur l'étrange adjectif qu'elle employa.

Holmes hocha la tête d'un air dubitatif[2], comme quelqu'un loin de s'estimer satisfait.

– Nous naviguons en eau fort trouble, déclara-t-il. Mais reprenez votre récit, je vous en prie.

notes

1. divagations : propos incohérents.

2. dubitatif : hésitant, en proie au doute.

– Deux ans se sont écoulés depuis, et jusqu'à il y a peu, ma vie fut plus solitaire que jamais. Toutefois, il y a un mois de cela, un ami très cher, que je connais de longue date, m'a fait l'honneur de me demander en mariage. Il se nomme Armitage, Percy Armitage. C'est le fils cadet de Mr Armitage, vivant à Crane Water, près de Reading. Mon beau-père n'a émis aucune réserve contre cette union, aussi nous marierons-nous au printemps. Il y a deux jours, des travaux furent entrepris dans l'aile ouest du corps de bâtiment. Le mur de ma chambre ayant été éventré, j'ai dû aller m'installer dans la pièce où mourut ma sœur, et dormir dans le lit même qu'elle occupa. Vous imaginez donc quel frisson d'horreur me traversa quand, la nuit dernière, alors que je reposais tout éveillée, repensant au sort terrible de ma sœur, j'entendis soudain dans le silence de la nuit ce sifflement étouffé, signe avant-coureur de sa propre mort. Je bondis hors du lit et allumai la lampe, mais ne vis rien dans la pièce. Toutefois, me sentant trop ébranlée pour me recoucher, je m'habillai et, sitôt le jour levé, me glissai jusqu'à la grille du domaine, pris un dog-cart de louage à la *Crown Inn* qui se trouve juste en face et gagnai Leatherhead, d'où j'arrive ce matin avec pour seule idée de vous rencontrer pour vous demander conseil.

– Vous avez sagement agi, lui dit mon ami. Mais m'avez-vous tout dit ?

– Oui, tout.

– Non, miss Roylott. Vous couvrez votre beau-père.

– Comment cela ? Que voulez-vous dire ?

Pour toute réponse, Holmes releva le volant de dentelle noire couvrant le poignet de notre visiteuse, lequel reposait sur ses genoux. Cinq petites traces livides – les marques de quatre doigts et d'un pouce – étaient imprimées sur la peau blanche.

– On vous a rudoyée[1], constata Holmes.

Son interlocutrice rougit vivement et recouvrit son poignet meurtri.

– C'est un homme dur, dit-elle. Peut-être connaît-il mal sa propre force ?

Un long silence suivit, durant lequel Holmes, menton calé au creux des mains, contempla le feu qui crépitait dans la cheminée.

– Cette affaire est fort trouble, lança-t-il enfin. Il faudrait que je me fasse préciser des centaines de détails avant de décider de la tactique à adopter. Or, il n'y a pas un instant à perdre. Si nous nous rendons à *Stoke Moran* aujourd'hui, aurons-nous la possibilité de voir les chambres en question sans que votre beau-père en sache rien ?

– Il se trouve qu'il a parlé de venir à Londres aujourd'hui, pour y traiter une affaire de la plus haute importance. Il est probable que son absence durera toute la journée, et que rien ne viendra vous importuner[2]. Nous avons une gouvernante, désormais, mais c'est une vieille femme un peu sotte, et je trouverai aisément le moyen de la tenir à l'écart.

– Parfait. Vous n'avez rien contre une telle expédition, Watson ?

– Du tout.

– Dans ce cas, nous viendrons tous les deux. Qu'avez-vous prévu pour la matinée, miss Stoner ?

– Il y a une ou deux choses que je voudrais faire tant que je suis à Londres, mais je repartirai par le train de midi pour arriver à *Stoke Moran* à temps pour vous y recevoir.

– Vous pouvez considérer que nous y serons en début d'après-midi. J'ai moi-même quelques petites démarches

notes

1. *rudoyée* : maltraitée. **2. *importuner* :** déranger.

professionnelles à effectuer. Ne souhaitez-vous pas rester ici et prendre un petit déjeuner en notre compagnie ?

– Non, il faut que je m'en aille. Je me sens déjà soulagée d'un grand poids, maintenant que je vous ai confié mes tracas. Je vais attendre impatiemment votre arrivée.

Sur ces mots, elle rabattit son épaisse voilette et quitta furtivement[1] la pièce.

– Alors, Watson, que pensez-vous de tout cela ? me demanda Sherlock Holmes, en se carrant[2] dans son fauteuil.

– Cette affaire me paraît extrêmement obscure et sinistre.

– Assez obscure, en effet, et assez sinistre.

– Cela dit, si cette dame a raison quand elle affirme que les planchers ainsi que les murs sont sains, et les porte, fenêtre et cheminée infranchissables, alors sa sœur devait indubitablement être seule quand elle trouva la mort.

– Qu'advient-il, dans ce cas, de ces fameux sifflements nocturnes, et des derniers mots fort étranges de la mourante ?

– Je ne saurais l'imaginer.

– Si l'on établit un rapprochement entre ces sifflements, la présence d'une bande de Gitans familiers du vieux médecin, le fait que, selon toute vraisemblance, ledit médecin a quelque intérêt à empêcher le mariage de sa belle-fille, la bande mentionnée par la mourante et, enfin, le fait que miss Stoner ait entendu un claquement métallique – qui pouvait fort bien venir de l'un des loquets de fer maintenant les volets fermés, que quelqu'un remettait en place –, le tableau obtenu nous fournit matière, je crois, à tirer cette énigme au clair.

– Mais dans ce cas, que firent les Gitans, au juste ?

notes

1. furtivement : rapidement.

2. se carrant : s'installant confortablement.

– Je ne saurais le dire.

– Je trouve qu'une telle supposition prête à bien des objections.

– Et moi de même, Watson. C'est précisément pour cette raison que nous allons nous rendre à *Stoke Moran* aujourd'hui. Il faut que je voie si les critiques en question sont de nature à anéantir[1] ma supposition, ou si quelques explications en viennent à bout. Ça par exemple !

L'exclamation lâchée par mon compagnon était due au fait que notre porte venait de s'ouvrir en coup de vent, et un gigantesque individu d'apparaître dans l'embrasure[2]. Sa tenue se composait d'un curieux mélange de fonctionnel et d'agreste[3] : il portait un haut-de-forme noir, une longue redingote, des jambières[4] montantes, et jouait avec un stick[5] de chasse. Il était si grand, que son chapeau rasait le linteau[6] de la porte ; sa carrure semblait barrer toute la largeur de l'ouverture. Une face massive, sillonnée d'une multitude de rides, jaunie par le hâle et marquée par toutes sortes de passions mauvaises, nous examina l'un après l'autre. Ses yeux profondément enfoncés, bilieux[7], et son nez saillant[8], mince et osseux conféraient vaguement à l'intrus un aspect de vieil et féroce oiseau de proie.

– Lequel de vous deux est Holmes ? s'enquit[9] l'apparition.

– C'est mon nom, monsieur, et vous emportez l'avantage puisque j'ignore le vôtre, déclara tranquillement mon compagnon.

notes

1. anéantir : ruiner.

2. l'embrasure : l'entrée.

3. agreste : campagnard.

4. jambières : pièces destinées à protéger le pantalon des éclaboussures.

5. stick : canne mince et souple.

6. linteau : partie supérieure de l'ouverture ménagée pour la porte.

7. bilieux : coléreux.

8. saillant : important.

9. s'enquit : demanda.

– Je suis le Dr Grimesby Roylott, de *Stoke Moran*.

– Vraiment, docteur ! dit Holmes d'un ton patelin[1]. Asseyez-vous, je vous prie.

– Pas question. Ma belle-fille est venue ici. Je l'ai suivie. Que vous a-t-elle raconté ?

– Il fait un peu froid pour la saison, reprit Holmes.

– Que vous a-t-elle raconté ? hurla le vieillard, furibond.

– Mais j'ai ouï dire que les crocus[2] ne tarderaient pas, poursuivit mon compagnon, impavide[3].

– Ha ! Vous voudriez me faire taire, hein ? s'écria notre nouveau visiteur, avançant d'un pas tout en agitant son stick. Je vous connais, espèce de crapule ! J'ai déjà entendu parler de vous. Vous êtes Holmes, le fouineur.

Mon ami sourit.

– Holmes, la mouche du coche[4] !

Le sourire s'élargit.

– Holmes, le sous-fifre[5] de Scotland Yard !

Mon compagnon s'esclaffa[6] de bon cœur.

– Votre monologue est extrêmement divertissant, dit-il. En sortant, fermez donc la porte, il y a décidément un courant d'air.

– Je m'en irai quand j'aurai dit ce que j'ai à dire. Ne vous avisez pas de venir fouiner dans mes affaires. Je sais que miss Stoner est venue ici : je l'ai suivie ! Il y a grand péril à s'attirer les foudres de quelqu'un comme moi ! Voyez plutôt... (Il s'avança prestement, saisit le tisonnier[7], et le tordit

notes

1. patelin : aimable.

2. crocus : fleurs printanières de la plante *crocus*.

3. impavide : imperturbable.

4. la mouche du coche : métaphore utilisée pour désigner un gêneur (voir La Fontaine, *Le Coche et la Mouche*).

5. sous-fifre : serviteur, subalterne.

6. s'esclaffa : éclata de rire.

7. tisonnier : barre de fer avec laquelle on remue les tisons, les braises.

d'un geste de ses énormes mains brunes.) Veillez à ne pas venir rôder trop près de moi, gronda-t-il.

Il jeta le tisonnier déformé dans la cheminée et quitta la pièce à grandes enjambées.

– Je trouve les manières de ce monsieur fort civiles[1], conclut Holmes en riant. Cela dit, je n'ai peut-être pas tout à fait sa stature, mais s'il n'était pas parti, j'aurais pu lui montrer que ma poigne n'est guère plus timide que la sienne. (Ce disant, il ramassa le tisonnier de fer et, d'un geste brusque, le détordit.) Tout de même, quelle impudence[2] : me prendre, moi, pour quelqu'un de la police ! Voilà un incident qui ajoute du piment à notre enquête. J'espère seulement que notre jeune amie n'aura pas à souffrir de l'imprudence avec laquelle elle se laissa suivre par ce malotru[3]. Et maintenant, Watson, nous allons commander le petit déjeuner. Après quoi, je ferai un tour à pied jusqu'au quartier des médecins, où j'espère trouver certains renseignements qui pourront nous aider dans cette affaire.

Il était près de 1 heure quand Sherlock Holmes rentra de son expédition, tenant à la main une feuille de papier bleu entièrement noircie de notes et de chiffres griffonnés.

– J'ai vu le testament de la défunte Mrs Stoner, annonça-t-il. Et pour en comprendre l'exacte portée, il a fallu que j'ajuste le montant des investissements mentionnés dans le document aux valeurs actuelles. La somme totale, qui à l'époque du décès de la dame s'élevait à un peu moins de 1 100 livres sterling, n'atteint plus aujourd'hui que 750 livres,

notes

1. civiles : polies, élégantes.

2. impudence : insolence, culot.

3. malotru : personnage grossier.

du fait de la chute des prix dans le domaine de l'agriculture. Chacune des filles peut prétendre à une part de 250 livres pour le cas où elle viendrait à se marier. Il est évident, partant[1], que, si les sœurs s'étaient mariées l'une et l'autre, le charmant beau-père eût été réduit à la portion congrue[2]. Même le départ d'une seule des jumelles était de nature à le mettre très sérieusement à mal. Ma matinée de travail n'a pas été perdue, puisqu'elle nous permet d'établir que le docteur possède les plus solides raisons du monde de faire obstacle à tout changement de situation. Sur ce, Watson, l'affaire est trop grave pour que l'on se permette de lanterner[3], d'autant que le vieux sait que nous nous intéressons de près à ses agissements. Donc, si vous êtes prêt, nous allons prendre un fiacre et nous rendre à Waterloo. Je vous serais infiniment obligé de bien vouloir glisser votre revolver dans votre poche. Une balle Eley n° 2 constitue un excellent argument face aux messieurs capables de faire des nœuds avec les tisonniers. Votre arme, donc, et une brosse à dents, voilà tout ce dont nous aurons besoin, je crois.

Par chance, à la gare de Waterloo, nous attrapâmes un train pour Leatherhead. Une fois à destination, nous louâmes un boghei[4] à l'auberge de la gare, et fîmes cinq ou six kilomètres sur les charmantes petites routes du Surrey. La journée était splendide, un soleil radieux brillait, et quelques nuages floconneux moutonnaient dans l'azur. Sur les arbres et les haies bordant la route, on commençait à voir poindre les premières pousses vertes, et l'air fleurait[5] bon la terre

notes

1. partant : par conséquent.

2. la portion congrue : part insuffisante pour vivre.

3. lanterner : traîner.

4. boghei : petit cabriolet découvert.

5. fleurait : sentait.

humide. Un étrange contraste s'offrait, à mes yeux, tout au moins, entre les prémices[1] délicieuses du printemps et l'entreprise sinistre dans laquelle nous étions lancés. Assis à l'avant du boghei, bras croisés, le chapeau rabattu sur les yeux et le menton sur la poitrine, mon compagnon était plongé dans la plus profonde méditation. Cependant, il sursauta tout à coup, me posa la main sur l'épaule et pointa l'index par-delà les prés.

– Regardez là-bas ! s'écria-t-il.

Une friche abondamment boisée se déployait sur un coteau, s'épaississant aux abords du sommet qu'elle couronnait d'un bosquet touffu. Entre les frondaisons[2] se dressaient les pignons[3] gris et l'arête élevée du toit d'une très ancienne demeure.

– *Stoke Moran* ? s'enquit Holmes.

– Oui, monsieur, c'est le manoir du Dr Grimesby Roylott, précisa le cocher.

– On est en train d'y faire quelques réparations, fit mon compagnon. C'est là que nous allons.

– Voilà le village, annonça le cocher en désignant quelques toits massés un peu plus loin sur la gauche. Mais si vous devez aller au manoir, vous aurez plus vite fait de passer cette barrière et de suivre le sentier qui coupe à travers champs. On le voit, là-bas, où cette dame se promène.

– J'ai d'ailleurs bien l'impression qu'il s'agit de miss Stoner, enchaîna Holmes, la main en visière au-dessus des yeux. Je crois, en effet, que nous devrions suivre votre conseil.

notes

1. les prémices : les commencements.

2. frondaisons : feuillages.

3. pignons : sommets triangulaires d'un mur.

Nous descendîmes de voiture, réglâmes notre course, et le boghei repartit à grand bruit en direction de Leatherhead.

– J'ai jugé préférable de laisser croire à cet homme que nous étions venus en tant qu'architectes, ou dans un quelconque but professionnel, expliqua Holmes tandis que nous enjambions l'échalier[1]. Cela évitera peut-être qu'il ne jase. Bon après-midi, miss Stoner. Nous avons tenu parole, vous voyez.

Notre cliente du matin était accourue pour nous rejoindre, le visage illuminé par la joie que lui causait notre venue.

– Il me tardait tellement de vous voir arriver ! s'écria-t-elle en nous serrant chaleureusement la main. Tout s'arrange magnifiquement. Mon beau-père est à Londres et ne rentrera probablement pas avant la nuit.

– Nous avons eu le plaisir de faire la connaissance du docteur, répondit Holmes ; sur quoi, il relata en quelques mots ce qui s'était passé.

Miss Stoner devint blanche comme un linge.

– Seigneur ! s'écria-t-elle. Il m'a donc suivie !

– Il semble que oui.

– Il est si retors[2] que je ne sais jamais s'il rôde dans les parages ou pas. Que va-t-il dire en rentrant ?

– Il faut qu'il se tienne sur ses gardes, car il pourrait bien s'apercevoir qu'il a été pris en chasse par plus retors que lui. Vous fermerez votre porte à clé, ce soir. S'il use de violence, nous vous emmènerons chez votre tante, à Harrow. Sur ce, il faut que nous utilisions notre temps au mieux ; aussi vais-je vous demander de nous montrer tout de suite les pièces que nous devons examiner.

notes

1. échalier : clôture mobile barrant l'entrée d'un champ.

2. retors : rusé.

Le manoir, bâtiment de pierre grise tavelée[1] de lichen, se composait d'une partie centrale au front élevé, flanquée de part et d'autre d'ailes incurvées[2] pareilles à des pinces de crabe. L'une de ces ailes, avec ses fenêtres cassées condamnées à l'aide de planches et son toit partiellement effondré, ne faisait plus figure que de ruine. La partie centrale n'était pas en meilleur état. Le bâtiment de droite, en revanche, semblait relativement confortable : les rideaux aux fenêtres, ainsi que la fumée bleue qui s'élevait en volutes[3] des cheminées, indiquant la résidence de la famille. Quelques échafaudages avaient été dressés contre le mur, tout au bout de cette aile, et un trou béait dans la maçonnerie, mais aucun ouvrier n'était en vue. Holmes arpenta lentement la pelouse mal entretenue, avant d'examiner avec une grande attention l'extérieur des fenêtres.

– Si j'ai bien compris, celle-ci donne dans la chambre que vous occupiez précédemment, celle du milieu dans la chambre de votre sœur, et celle qui jouxte la partie centrale chez le Dr Roylott ?

– Exactement. Mais en ce moment, j'occupe celle du milieu.

– Tant que dureront les réfections[4], c'est bien cela ? À propos, il ne semble pas que ce mur nécessite de réparations vraiment urgentes.

– Pas la moindre, en effet. Je crois qu'il s'agissait d'un prétexte destiné à me faire changer de chambre.

– Ah ! voilà qui prête à réflexion. Cela dit, sur l'arrière de cette aile étroite, court le couloir qui dessert les trois chambres. Il est pourvu de fenêtres, bien entendu ?

notes

1. tavelée : marquée de petites taches.

2. incurvées : courbées.

3. volutes : spirales.

4. réfections : réparations.

– Oui, mais très petites. Trop étroites pour permettre à quiconque de s'y glisser.

– Puisque votre sœur et vous fermiez vos portes à clé pour la nuit, vos chambres étaient inaccessibles de ce côté-là. Maintenant, auriez-vous l'obligeance de bien vouloir gagner votre chambre et de fermer les volets ?

Miss Stoner s'exécuta et Holmes, après avoir soigneusement examiné la fenêtre ouverte, s'évertua de toutes les manières possibles à ouvrir le volet par force, sans succès. Il n'y avait pas la moindre fente qui permette de glisser une lame pour soulever le loquet. Là-dessus, loupe en main, il éprouva les gonds, mais ceux-ci étaient en acier solide et fermement scellés dans la robuste maçonnerie.

– Hum ! fit-il en se grattant le menton, passablement perplexe. Ma supposition présente assurément quelques lacunes. Nul ne put franchir ces volets s'ils étaient fermés au loquet. Ma foi, allons voir si l'intérieur apporte le moindre éclaircissement sur ce point.

Une petite porte latérale menait dans le couloir aux murs chaulés[1] qui desservait les trois chambres. Holmes ne voulut pas inspecter celle du bout, aussi passâmes-nous directement dans la deuxième, qu'occupait momentanément miss Stoner et dans laquelle sa sœur avait trouvé la mort. C'était une petite pièce rustique, au plafond bas, pourvue d'une énorme cheminée ouverte comme cela se faisait dans les vieilles demeures de campagne. D'un côté se tenait une commode de bois brun, de l'autre un lit étroit recouvert d'une courtepointe[2] blanche et, à gauche de la fenêtre, une coiffeuse[3]. Ces quelques articles, outre deux petits fauteuils

notes

1. chaulés : blanchis à la chaux.

2. courtepointe : couverture de lit ouatée.

3. coiffeuse : petite table munie d'une glace.

d'osier, constituaient tout le mobilier de la pièce, exception faite d'un tapis de Wilton carré, jeté au centre. Toutes les boiseries, ainsi que les lambris[1] étaient en chêne foncé, vermoulu[2], si ancien et patiné qu'il devait dater de la construction initiale du manoir. Holmes tira l'un des fauteuils dans un coin et resta assis sans mot dire, balayant la pièce d'un regard circulaire, s'y reprenant encore, ses yeux allant et revenant inlassablement du sol au plafond, prenant note des moindres détails.

– Où cette sonnette donne-t-elle ? finit-il par demander, désignant un gros cordon qui pendait à la tête du lit et dont l'extrémité reposait sur l'oreiller.

– Elle communique avec la chambre de la gouvernante.

– Le cordon paraît plus récent que le reste du mobilier.

– Oui, il n'est installé que depuis deux ans.

– À la demande de votre sœur, je suppose ?

– Non, je n'ai jamais entendu dire qu'elle s'en soit servie. Nous allions toujours chercher nous-mêmes ce dont nous avions besoin.

– Installer ici un cordon de sonnette aussi luxueux ne semblait pas nécessaire, en effet. Vous voudrez bien m'excuser quelques instants, je vais m'assurer de ce parquet.

Là-dessus, Holmes se jeta à plat ventre par terre, la loupe à la main, et se mit à ramper prestement[3] en arrière, puis en avant, examinant minutieusement les interstices entre les lattes. Il fit ensuite de même avec les boiseries habillant les murs. Finalement, il alla se poster devant le lit et passa quelques instants à le contempler, faisant courir son regard

notes

1. lambris : revêtements de bois sur les murs.

2. vermoulu : bois piqué par les vers.

3. prestement : rapidement.

de haut en bas le long du mur. Pour finir, il s'empara du cordon et le tira d'un coup sec.

– Tiens donc ! C'est une sonnette factice ! déclara-t-il.

– Elle ne sonnerait donc pas ?

– Non ; d'ailleurs, le cordon n'est même pas raccordé à un fil. Voilà qui est fort intéressant. Comme vous pouvez maintenant le constater, il est fixé à l'aide d'un crochet juste au-dessus de la petite trappe de ventilation.

– C'est insensé ! Je ne m'en étais jamais rendu compte jusque-là.

– Très étrange ! marmonna Holmes en tirant sur le cordon. Cette chambre présente une ou deux particularités fort singulières. Il faut, par exemple, qu'un entrepreneur soit bien sot pour percer une trappe de ventilation débouchant sur une autre pièce, quand il aurait pu, sans plus de difficultés, en ouvrir une qui donne sur l'extérieur !

– Il s'agit encore d'un aménagement tout à fait récent, précisa la jeune femme.

– Datant à peu près de la même époque que le cordon ? s'enquit Holmes.

– Oui, plusieurs petites modifications furent exécutées à ce moment-là.

– Qui présentent, semble-t-il, un aspect des plus passionnants : cordon de sonnette factice, trappe de ventilation ne ventilant pas. Avec votre permission, miss Stoner, nous allons poursuivre nos recherches dans la dernière des chambres.

La pièce occupée par le Dr Grimesby Roylott était plus grande que celle de sa belle-fille, quoique aussi sommairement meublée. Un lit de camp, une petite étagère de bois couverte de livres – ouvrages à caractère technique pour la plupart –, un fauteuil au chevet du lit, une simple chaise de bois rangée contre le mur, un guéridon et un grand coffre-fort de fonte, tels étaient les principaux éléments qui se présentaient au regard. Holmes fit lentement le tour de la pièce, examinant en détail tous les meubles avec le plus extrême intérêt.

– Qu'y a-t-il, là-dedans ? demanda-t-il en toquant contre la paroi du coffre-fort.

– Les documents professionnels de mon beau-père.

– Ah ! Vous l'avez donc déjà vu ouvert ?

– Une seule fois, il y a quelques années de cela. Je me souviens qu'il était plein de papiers.

– Il n'y aurait pas un chat à l'intérieur, par exemple ?

– Non. Quelle drôle d'idée !

– Ma foi, voyez ceci ! (Holmes prit une soucoupe de lait, posée sur le dessus du coffre.)

– Non, nous n'avons pas de chat. Mais le docteur possède un guépard et un babouin.

– Ah ! oui, bien sûr. Ma foi, un guépard a beau n'être guère qu'un gros chat, une soucoupe de lait fait à mon sens piètre[1] mine dès lors qu'il s'agit de pourvoir à ses besoins. Il y a un détail que j'aimerais bien tirer au clair. (Holmes s'accroupit devant la chaise de bois et en examina l'assise avec la plus grande attention.) Je vous remercie, miss Stoner. Tout est pratiquement réglé, annonça-t-il, se relevant et rempochant sa loupe. Tiens, tiens ! Je vois là quelque chose d'intéressant !

L'objet qui avait attiré le regard de mon ami était un petit martinet[2] pour chien, pendu à l'un des montants du lit, dont la lanière recourbée formait une boucle de nœud coulant.

– Que dites-vous de ça, Watson ?

notes

1. piètre : pauvre.

2. martinet : fouet avec des lanières.

– Il s'agit d'un martinet assez banal. Cela dit, je ne comprends pas pourquoi il est ainsi noué.

– Voilà qui n'a plus rien de banal, n'est-ce pas ? Ah ! misère, le monde est bien méchant ! Et quand un habile homme voue son intelligence au crime, cela devient pire que tout. Je crois que j'en ai vu assez, miss Stoner. Aussi, avec votre permission, allons-nous ressortir sur la pelouse.

Jamais je n'avais vu mon ami arborer[1] une expression aussi lugubre, aussi soucieuse, que lorsque nous quittâmes le théâtre de cette enquête. Nous arpentâmes la pelouse de long en large à plusieurs reprises, miss Stoner ne désirant pas plus que moi interrompre les réflexions de Holmes, quand enfin il émergea de sa méditation.

– Il est tout à fait essentiel, miss Stoner, dit-il, que vous vous conformiez en tous points à mes instructions.

– C'est assurément ce que je vais faire.

– L'affaire est trop grave pour que l'on s'autorise la moindre hésitation. Il se peut que votre vie dépende de la façon dont vous les appliquerez.

– Soyez assuré que je m'en remets entièrement à vous.

– En premier lieu, il va falloir que mon ami et moi passions la nuit dans votre chambre.

Miss Stoner et moi le dévisageâmes tous deux avec stupéfaction.

– Oui, il le faut. Que je vous explique : il me semble que c'est l'auberge du village que l'on aperçoit là-bas ?

– En effet, c'est la *Crown Inn*.

– Fort bien. Les fenêtres de vos chambres doivent être visibles, de là-bas ?

– Certes.

notes

1. arborer : afficher.

– Au retour de votre beau-père, vous garderez la chambre en prétextant une migraine. Quand vous l'entendrez se retirer dans la sienne pour la nuit, vous ouvrirez les volets de votre fenêtre, déverrouillerez la crémone[1] et posterez là votre lampe en guise de signal à notre intention. Ensuite, munie de tout ce qui pourra vous être nécessaire, vous vous éclipserez dans la chambre que vous occupiez précédemment. Je suis à peu près certain qu'en dépit des travaux de réfection, vous pourriez y passer une nuit.

– Oh ! oui, aisément.

– Pour le reste, vous vous en remettrez à nous.

– Mais que comptez-vous faire ?

– Nous allons passer la nuit dans votre chambre, et prospecter pour découvrir l'origine de ce bruit qui vous a inquiétée.

– J'ai le sentiment, monsieur Holmes, que vous vous êtes déjà fait une idée, reprit miss Stoner en posant la main sur la manche de mon compagnon.

– Cela se peut.

– Dans ce cas, dites-moi, par pitié, ce qui causa la mort de ma sœur.

– Je préférerais disposer de preuves plus sûres avant d'en parler.

– Vous pouvez au moins me dire si mon impression est la bonne, et si Julia mourut d'une soudaine frayeur.

– Non, je ne pense pas que ç'ait été le cas. Je crois que son décès eut probablement une cause plus tangible[2]. Sur ce, miss Stoner, il faut que nous vous quittions. S'il se trouvait

notes

1. *crémone* : fermeture composée d'une tige en fer qu'on hausse ou qu'on baisse en faisant tourner une poignée.

2. *tangible* : matérielle.

que le Dr Roylott survienne et nous voie, c'en serait fait de notre expédition. À bientôt, et soyez forte ! Si vous vous conformez aux instructions que je vous ai données, n'ayez crainte, nous ne tarderons pas à vous débarrasser des dangers qui vous menacent.

Sherlock Holmes et moi n'eûmes aucun mal à obtenir une chambre et un salon à la *Crown Inn*. Les deux pièces se trouvaient au premier étage, et notre fenêtre nous offrait une bonne vue sur l'allée partant de la grille et sur l'aile occupée du manoir de *Stoke Moran*. À la tombée de la nuit, nous vîmes le Dr Grimesby Roylott passer en voiture, sa gigantesque masse menaçante à côté de la silhouette frêle du jeune garçon qui le conduisait. Ce dernier peinant un peu à ouvrir la lourde grille de fer forgé, nous entendîmes le docteur proférer des imprécations[1] rauques et le vîmes brandir les poings avec fureur à son adresse. Le boghei repartit et, quelques minutes plus tard, une lueur jaillit tout à coup entre les arbres au moment où quelqu'un allumait une lampe, au manoir, dans l'une des salles de la partie centrale.

– Vous savez, Watson, lança Holmes tandis que nous demeurions tous les deux dans l'obscurité grandissante, j'éprouve vraiment quelques scrupules à l'idée de vous emmener ce soir. L'entreprise comporte un élément de risque indiscutable.

– Pourrai-je vous être d'une aide quelconque ?

– Votre présence serait certainement inestimable.

– Dans ce cas, il ne fait aucun doute que je viendrai.

– C'est très aimable à vous.

– Vous parlez de « risque ». De toute évidence, vous avez vu dans ces chambres plus de choses que je n'en ai remarquées.

notes

1. ***imprécations :*** menaces.

– Non, mais j'ai dû tirer un peu plus de déductions que vous, j'imagine. À mon avis, vous avez vu les mêmes choses que moi.

– Rien d'étonnant, à l'exception du cordon de sonnette, encore que je ne puisse concevoir, je l'avoue, quel dessein[1] peut bien servir cet ustensile.

– Vous avez également vu la trappe de ventilation ?

– Oui, mais je ne trouve pas tellement insolite de ménager une petite ouverture entre deux pièces. Cette trappe est si petite qu'une souris aurait du mal à s'y faufiler.

– Je savais que nous allions trouver une trappe de ventilation avant même de venir à *Stoke Moran*.

– Allons donc, Holmes !

– Si fait, je le savais. Souvenez-vous : dans son récit, miss Stoner déclara que sa sœur avait senti l'odeur du cigare fumé par le Dr Roylott. Bien entendu, cela donnait immédiatement à penser qu'il devait exister une communication entre les deux pièces. Il ne pouvait s'agir que d'une petite ouverture, sans quoi elle eût été mentionnée lors de l'enquête menée par le coroner. J'en déduisis qu'il s'agissait d'une trappe de ventilation.

– Quel mal peut-il y avoir à cela ?

– Eh bien ! On note en tout cas une curieuse coïncidence de dates. Une trappe de ventilation est ménagée, une corde accrochée, et une dame qui dort dans le lit meurt. Ne trouvez-vous pas cela surprenant ?

– Je ne vois encore aucune relation entre ces événements.

– N'avez-vous rien remarqué de très particulier en ce qui concerne le lit en question ?

– Non.

notes

1. quel dessein : quel projet.

– Il était vissé dans le plancher. Vous a-t-il jamais été donné, par le passé, de voir un lit fixé de la sorte ?

– Je serais bien en peine d'affirmer que oui.

– La jeune femme ne pouvait déplacer son lit. Il fallait qu'il reste toujours au même endroit, lequel était calculé par rapport à la trappe de ventilation et à la corde – que nous pouvons bien désigner ainsi, puisqu'elle ne fut manifestement jamais destinée à servir de sonnette.

– Holmes ! m'écriai-je. Il me semble commencer à entrevoir confusément ce que vous sous-entendez. Nous arrivons juste à temps pour empêcher je ne sais quel crime subtil et effroyable.

– Assez subtil, en effet, et assez effroyable. Quand un médecin tourne mal, il fait un criminel hors pair[1]. Il possède sang-froid et connaissances. Palmer et Pritchard[2] comptaient parmi les fleurons[3] de leur profession. L'homme auquel nous avons affaire ourdit[4] un coup plus ignoble encore, mais je crois, Watson, qu'en matière d'ignominie nous parviendrons à le surpasser. Cela dit, nous allons avoir notre content[5] d'horreur avant la fin de la nuit. Alors, pour l'amour du Ciel, fumons donc tranquillement notre pipe et occupons-nous l'esprit de choses plus réjouissantes pendant les quelques heures à venir.

Aux alentours de 9 heures, la lumière s'éteignit entre les arbres et l'obscurité régna du côté du manoir. Deux heures s'écoulèrent lentement. Tout à coup, comme 11 heures venaient de sonner, une vive lueur brilla, isolée, juste en face de notre fenêtre.

notes

1. hors pair : exceptionnel.

2. Palmer et Pritchard : médecins impliqués dans une affaire criminelle.

3. les fleurons : l'élite.

4. ourdit : prépare.

5. notre content : notre dose.

– Voilà notre signal, fit Holmes en se levant d'un bond. La lumière vient de la fenêtre du milieu.

En sortant, il échangea quelques mots avec l'aubergiste, lui expliquant que nous allions rendre une visite tardive à un ami, chez qui nous passerions peut-être la nuit. L'instant d'après, nous cheminions sur la route obscure, le visage battu par un vent glacial, guidés dans notre marche par une lueur jaune, unique et vacillante, que nous distinguions dans les ténèbres.

Nous n'eûmes guère de mal à pénétrer dans le parc, des brèches béant[1] çà et là dans le mur d'enceinte. Nous faufilant entre les arbres, nous gagnâmes la pelouse, la traversâmes, et nous apprêtions à enjamber la fenêtre quand d'un buisson de lauriers jaillit ce qui nous sembla être un enfant hideux et contrefait[2], qui se roula dans l'herbe avec force contorsions de membres, avant de traverser prestement la pelouse pour disparaître dans l'obscurité.

– Mon Dieu ! murmurai-je. Vous l'avez vu, Holmes ?

Pour l'heure, mon compagnon était aussi saisi que moi. Sa frayeur fut telle que sa main se referma sur mon poignet, tel un étau. Puis il éclata d'un rire silencieux et approcha les lèvres de mon oreille.

– Charmante maisonnée ! souffla-t-il. Il s'agissait du babouin.

J'avais oublié les curieux animaux de compagnie qu'affectionnait le docteur. Il y avait également un guépard... Peut-être risquait-il de nous bondir sur les épaules d'un instant à l'autre ? J'avoue que je me sentis l'esprit plus tranquille quand, ayant quitté mes chaussures à l'exemple de Holmes, je me retrouvai à l'intérieur de la chambre. Mon

notes

1. ***béant*** : s'ouvrant.
2. ***contrefait*** : difforme.

ami ferma sans bruit les volets, alla poser la lampe sur la coiffeuse, et jeta un coup d'œil circulaire dans la pièce. Elle était telle que nous l'avions vue dans la journée. Me rejoignant alors à pas feutrés, il plaça les mains en cornet autour de mon oreille et murmura, si bas, cette fois encore, que j'eus toutes les peines du monde à saisir ce qu'il me dit :

– Le moindre bruit anéantirait tout notre plan.

Je hochai la tête pour lui signifier que j'avais entendu.

– Nous allons devoir attendre dans le noir, sans quoi le docteur verra la lumière filtrer par la trappe de ventilation.

À nouveau, je hochai la tête.

– Ne vous endormez pas. Il y va certainement de votre vie même. Tenez votre pistolet à portée de la main et prêt à tirer, au cas où nous aurions besoin de le faire. Je vais m'asseoir sur le bord du lit et vous dans ce fauteuil.

Tirant mon revolver de ma poche, je le posai sur le coin de la coiffeuse.

Holmes avait apporté une longue et fine badine[1], qu'il plaça sur le lit, près de lui. À côté, il posa la boîte d'allumettes et un tronçon de chandelle. Puis il éteignit la lampe, et nous nous retrouvâmes plongés dans l'obscurité.

Comment pourrai-je jamais oublier cette terrible veille ? Pas un bruit ne me parvenait, pas même un souffle ; et pourtant, je savais que mon compagnon, les yeux grands ouverts, se tenait à quelques centimètres, dans le même état de tension nerveuse que moi. Les volets masquant le moindre rai[2] de lumière, nous attendîmes dans une obscurité totale. Du dehors nous parvenait de temps à autre le cri d'un nocturne et, à un moment donné, sous notre fenêtre, s'éleva

notes

1. badine : baguette souple et mince.

2. rai : rayon.

une sorte de feulement[1] prolongé qui nous confirma que le guépard était effectivement en liberté. Du lointain, nous parvenait le bourdonnement grave de la cloche de l'église, qui cognait sourdement tous les quarts d'heure. Qu'ils nous semblèrent donc longs, ces quarts d'heure ! Minuit sonnèrent, puis 1 heure, 2 heures, 3 heures, et nous attendions toujours, en silence, tout ce qui pourrait survenir.

Soudain, nous entrevîmes une lueur fugitive du côté de la trappe ; elle s'évanouit aussitôt, laissant place à une forte odeur d'huile lampante et de métal chauffé. Quelqu'un, dans la pièce voisine, avait allumé une lanterne sourde[2]. Je perçus un léger bruit de mouvement, puis le silence retomba, l'odeur se faisant toutefois plus forte. Une demi-heure durant, je demeurai ainsi, l'ouïe aux aguets. Et tout à coup, un autre son se fit entendre... un son très léger, apaisant, semblable au bruit d'un petit jet de vapeur continu s'échappant d'une bouilloire. Dès l'instant que nous le perçûmes, Holmes bondit à bas du lit, craqua une allumette, et se mit à assener[3] au cordon de sonnette des coups de badine frénétiques.

– Vous le voyez, Watson ? hurla-t-il. Vous le voyez ?

Mais je ne vis rien. Au moment où Holmes donna de la lumière, j'entendis un sifflement étouffé, aigu, mais la soudaine clarté éblouit mes yeux las et m'empêcha de distinguer sur quoi mon ami assenait de si furieux coups de badine. Je vis, en revanche, que son visage mortellement pâle était empreint d'horreur et de dégoût.

Il avait cessé de frapper et contemplait la trappe de ventilation quand soudain, dans le silence de la nuit, s'éleva

notes

1. feulement : ici, cri du guépard.

2. une lanterne sourde : une lanterne dont on peut cacher la lumière à volonté.

3. assener : donner.

le cri le plus terrifiant que j'aie jamais entendu. Il s'enfla, s'amplifia de plus belle, hurlement rauque de douleur, d'effroi et de rage, mêlés en une seule et horrible clameur. On dit que, jusqu'au village et même jusqu'au presbytère, pourtant éloigné, ce cri tira les dormeurs de leur lit. Il nous glaça le cœur, et nous demeurâmes pétrifiés[1], nous dévisageant, jusqu'à ce que les derniers échos s'en fussent éteints dans le silence d'où il avait jailli.

– Que signifie ce hurlement ? hoquetai-je.

– Que tout est terminé, répondit Holmes. Et après tout, cela vaut peut-être mieux. Prenez votre pistolet, Watson, nous allons entrer dans la chambre du Dr Roylott.

Le visage empreint de gravité, il alluma la lampe et s'engagea le premier dans le couloir. Par deux fois, il frappa à la porte de la chambre, sans obtenir la moindre réponse. Il fit alors jouer la poignée et entra, tandis que je m'avançais sur ses talons, mon pistolet armé au poing.

Un singulier spectacle s'offrit à nos regards. Sur la table était posée une lanterne sourde au vantail[2] à demi relevé, qui projetait un vif rayon lumineux sur le coffre-fort de fonte dont la porte bâillait. À côté de cette table, assis sur la chaise de bois, se trouvait le Dr Grimesby Roylott, vêtu d'une longue robe de chambre grise dont dépassaient ses chevilles nues et chaussé de babouches[3] rouges. Sur ses genoux reposait le petit martinet à longue lanière que nous avions remarqué l'après-midi. Le docteur avait le menton pointé en l'air et dardait[4] un regard fixe, terrifiant, vers l'un des angles du plafond. Son front était ceint[5] d'une curieuse bande jaune,

notes

1. pétrifiés : paralysés.

2. vantail : partie mobile de la lanterne.

3. babouches : pantoufles de cuir sans talons.

4. dardait : lançait.

5. ceint : entouré.

mouchetée de taches brunâtres, qui paraissait étroitement nouée autour de sa tête. À notre entrée, il ne pipa[1] mot, ni ne bougea.

– La bande ! murmura Holmes. La bande mouchetée !

J'avançai d'un pas. Aussitôt, l'étrange serre-tête s'anima, et de sous la chevelure du docteur se dressèrent la tête trapue, triangulaire, et le cou gonflé d'un répugnant serpent.

– C'est une vipère des marais ! s'écria Holmes. Le serpent le plus venimeux des Indes. Le Dr Roylott est mort dix secondes après avoir été mordu. En vérité, la violence se retourne bel et bien contre le violent, et le traître tombe dans la fosse qu'il a creusée pour un autre. Rabattons cette créature jusque dans sa tanière, après quoi nous pourrons emmener miss Stoner se réfugier quelque part, puis informer la police du comté de ce qui s'est passé.

Ce disant, il retira prestement le martinet des genoux du mort et en jeta la boucle autour du cou du reptile, pour ôter ensuite ce dernier de son macabre lieu d'élection et le transporter à bout de bras jusqu'au coffre-fort, au fond duquel il le jeta avant de fermer la porte.

Telles sont les véritables circonstances de la mort du Dr Grimesby Roylott, de *Stoke Moran*. Il n'est pas nécessaire que je prolonge un récit qui n'a déjà pris que trop d'ampleur, en racontant de quelle façon nous annonçâmes la nouvelle à la jeune femme terrorisée, puis l'accompagnâmes par le train du matin pour la confier aux bons soins de sa tante, à Harrow, ni de quelle façon la laborieuse enquête officielle finit par aboutir à la conclusion que le docteur avait trouvé la mort en jouant imprudemment avec un dangereux

notes

1. pipa : dit.

animal de compagnie. Le peu qu'il me restait à apprendre de l'affaire me fut exposé par Sherlock Holmes durant notre retour, le lendemain.

– J'étais arrivé à une conclusion totalement erronée[1], m'expliqua-t-il. Ce qui prouve, mon cher Watson, à quel point il est toujours dangereux de raisonner à partir de données insuffisantes. La présence des Gitans et le mot "bande" prononcé par la malheureuse jeune femme au moment de mourir – sans doute pour désigner l'apparition brièvement entrevue à la lueur de son allumette – suffirent à m'orienter vers une piste totalement aberrante[2]. Je peux seulement revendiquer le mérite d'avoir revu mes positions dès l'instant qu'il m'apparut évident que le danger menaçant l'occupante de cette chambre, quel qu'il fût, ne pouvait venir ni de la fenêtre ni de la porte. Mon attention se porta très vite, comme je vous l'ai dit, vers la trappe de ventilation et le cordon de sonnette qui pendait jusque sur le lit. En découvrant qu'il s'agissait d'un cordon factice et que le lit était vissé dans le plancher, je soupçonnai immédiatement que la corde servait de pont à je ne sais quoi se faufilant par la trappe et gagnant le lit. L'idée d'un serpent me vint immédiatement à l'esprit. Quand j'eus établi le rapprochement avec ces animaux des Indes dont le docteur, je le savais, s'était fait envoyer quelques spécimens, je sentis que je me trouvais probablement sur la bonne voie. L'idée d'utiliser un type de poison qu'aucun examen chimique ne saurait déceler était tout à fait de nature à venir à l'esprit d'un homme intelligent et dénué de scrupules, ayant une bonne expérience des pays orientaux. La rapidité avec laquelle ce venin agirait serait en outre, de son point de vue, un avantage. Et il

notes

1. erronée : fausse. ***2. aberrante :*** absurde.

faudrait que le coroner eût de fait une fort bonne vue, pour discerner les deux petites marques sombres indiquant l'endroit où les crochets à venin s'étaient plantés pour faire leur office. Là-dessus, je pensai au sifflement. Il fallait, bien entendu, que le docteur rappelle le serpent avant que la lumière du jour n'en révèle la présence à sa victime. Il l'avait dressé, probablement en se servant de la soucoupe de lait que nous avons vue, à revenir auprès de lui quand il l'appelait. Il le faisait donc passer par la trappe de ventilation à l'heure qu'il jugeait la plus propice[1], fort de la certitude que le reptile allait ramper le long de la corde et atterrir sur le lit. Là, il en mordrait ou n'en mordrait pas l'occupante, et peut-être celle-ci parviendrait-elle à lui échapper nuit après nuit pendant une semaine. Mais tôt ou tard, elle finirait par périr.

» J'étais donc parvenu à ces conclusions avant même d'entrer dans la chambre du docteur. L'examen de sa chaise me révéla qu'il grimpait fréquemment dessus – ce que, bien entendu, il était obligé de faire pour atteindre la trappe de ventilation. La vue du coffre, de la soucoupe de lait et du nœud coulant suffit à dissiper mes derniers doutes. Le claquement métallique entendu par miss Stoner était évidemment dû au fait que son beau-père avait précipitamment refermé la porte du coffre sur son horrible occupant. Une fois mon idée établie, vous savez quelles dispositions je pris pour en vérifier le bien-fondé. J'entendis le chuintement émis par le reptile, tout comme vous – j'en suis bien certain –, donnai aussitôt de la lumière, et passai à l'attaque.

– Ce qui eut pour résultat de le faire battre en retraite par la trappe de ventilation.

notes

1. propice : favorable.

– Et de l'amener à se retourner contre son maître, de l'autre côté. Quelques-uns de mes coups de badine portèrent et éveillèrent son ire[1] serpentine ; aussi s'en prit-il à la première personne qu'il aperçut. De ce fait, je porte assurément la responsabilité indirecte de la mort du Dr Roylott, mais je ne saurais prétendre que cela risque de peser bien lourd sur ma conscience.

« [...] *mon ami assenait de si furieux coups de badine.* » Illustration pour *The Strand Magazine*, 1892.

notes

1. ire : colère.

Marcel Duchamp,
***LHOOQ* (*La Joconde aux moustaches*), 1930.**

Au fil du texte

Questions sur *L'Aventure de la bande mouchetée* (pages 54 à 95)

QUE S'EST-IL PASSÉ ?

1. Complétez le résumé de la nouvelle.
Lorsque miss Helen .... vient visiter Sherlock Holmes et le narrateur, une légitime inquiétude l'a poussée à quitter le .... familial où elle vit avec son ...., le Dr Grimesby Roylott. Passionné par les animaux domestiques, celui-ci a ramené de son séjour en .... un babouin et un .... Volontiers violent et acariâtre, le docteur possède aussi une force .... Julia, la sœur d'Helen, est morte dans des circonstances étranges alors qu'elle était âgée de .... ans. À cette époque, elle fut incommodée par un bruit surprenant qui vint perturber les nuits précédant le drame : un .... Helen pensa alors qu'il s'agissait des .... qui vivaient dans le voisinage de la propriété. Le soir du drame, Julia se précipita hors de sa chambre et prononça quelques mots mystérieux : « la bande .... », avant de s'écrouler. Quant à Helen, elle entendit ce soir-là un second bruit surprenant : un claquement .... Deux ans se sont écoulés et, une nuit, le sommeil d'Helen est soudain perturbé par la réapparition du premier bruit. Elle se réveille et s'enfuit. Le jour même, Sherlock Holmes et Watson se rendent à *Stoke Moran*. Après une enquête efficace, Holmes découvrira que la mystérieuse bande désignait en fait un animal : un ...., destiné à tuer les deux sœurs. Suite à l'intervention de Sherlock Holmes, l'animal se retourne contre .... et le tue.

Avez-vous bien lu ?

2. Où est situé l'appartement de Sherlock Holmes ?

3. En quelle année se déroule l'histoire racontée dans cette nouvelle ?

4. Pour quelle raison Roylott fut-il condamné à la prison ?

5. Comment est morte la mère d'Helen Stoner ?

6. Par quelle odeur Julia est-elle incommodée dans sa chambre ?

7. Quelle sera alors la déduction de Sherlock Holmes ?

8. Combien de chambres trouve-t-on dans le manoir ?

9. Pourquoi Helen doit-elle dormir dans le lit de sa sœur ?

10. Cette explication est-elle tout à fait légitime selon Sherlock Holmes ? Pourquoi ?

11. Pourquoi miss Helen porte-t-elle des marques sur un poignet ?

12. Que découvre Sherlock Holmes en tirant sur le cordon de la sonnette placé au-dessus du lit que doit occuper miss Helen ?

13. Qu'y a-t-il au-dessus du coffre-fort situé dans la chambre du Dr Roylott ?

14. Quelle est la particularité du lit situé dans la chambre que doit occuper Helen ?

15. Quelle est la version officielle de la mort du Dr Roylott ?

ÉTUDIER L'ORTHOGRAPHE

16. Expliquez l'orthographe des mots soulignés dans les phrases suivantes. Vous veillerez à donner des explications claires et complètes en précisant le temps des verbes utilisés et la nature des mots rencontrés.

a) « En consultant mes notes sur les quelque soixante-dix affaires m'ayant permis, ces huit dernières années, d'observer les méthodes de mon ami Sherlock Holmes, j'en trouve qui relatent des événements tragiques, d'autres comiques, simplement étranges pour un grand nombre, mais jamais banals. » (lignes 1 à 6)

b) « Il refusa de se commettre avec la moindre enquête n'inclinant pas vers l'insolite, voire l'invraisemblable. » (lignes 7 à 9)

c) « Je n'avais pas de plus grand plaisir [...] *que de suivre Holmes dans ses enquêtes et d'admirer les déductions rapides, aussi promptes que des intuitions, mais toujours fondées sur une base logique, grâce auxquelles il démêlait les problèmes qui lui étaient soumis. »* (lignes 50 à 54)

d) « Sherlock Holmes considéra son interlocutrice, lui décochant l'un de ses petits coups d'œil prestes auxquels rien n'échappait. » (lignes 79 à 81)

e) « La dame sursauta violemment. » (ligne 92)

f) « Quels que puissent être vos arguments, vous voyez parfaitement juste. » (lignes 101-102)

g) « Quant à ma rétribution, la profession que j'exerce en est une en soi. » (lignes 126-127)

h) « Le Dr Roylott abandonna [...] *les démarches qu'il avait entreprises pour ouvrir un cabinet à Londres. »* (lignes 184-185)

i) « Il semblait que rien ne dût faire obstacle à notre bonheur. » (lignes 188-189)

j) « Les esclandres déshonorants se succédèrent, s'achevant par deux fois au tribunal. » (lignes 201-202)

k) *« Pourtant, si le sifflement venait de la pelouse, cela me surprend que tu ne l'aies pas entendu, toi aussi. »* (lignes 281 à 283)
l) *« Vous n'ignorez pas que des liens fort subtils unissent deux êtres partageant une si étroite similitude. »* (lignes 299 à 301)
m) *« Le mur de ma chambre ayant été éventré, j'ai dû aller m'installer dans la pièce où mourut ma sœur. »* (lignes 397-398)
n) *« Alors que je reposais tout éveillée, […] j'entendis soudain dans le silence de la nuit ce sifflement étouffé. »* (lignes 400 à 403)
o) *« On vous a rudoyée, constata Holmes. »* (ligne 421)
p) *« Il faut que je voie si les critiques en question sont de nature à anéantir ma supposition. »* (lignes 485-486)
q) *« Il est évident […] que, si les sœurs s'étaient mariées l'une et l'autre, le charmant beau-père eût été réduit à la portion congrue. »* (lignes 561 à 563)
r) *« Une petite porte latérale menait dans le couloir aux murs chaulés qui desservait les trois chambres. »* (lignes 689-690)
s) *« Il avait cessé de frapper et contemplait la trappe de ventilation quand soudain, dans le silence de la nuit, s'éleva le cri le plus terrifiant que j'aie jamais entendu. »* (lignes 1021 à 1023)
t) *« J'entendis le chuintement émis par le reptile, tout comme vous – j'en suis bien certain –, donnai aussitôt de la lumière, et passai à l'attaque. »* (lignes 1134 à 1136)

étymologie : **origine d'un mot.**

radical : **noyau d'un mot, que l'on obtient quand on a soustrait préfixe(s) et suffixe(s).**

ÉTUDIER LE VOCABULAIRE

17. Que signifie le mot *« cap »* dans l'expression *« de pied en cap »* ? Quelle est son étymologie* ? Donnez d'autres mots utilisant ce radical*.

18. Décomposez le mot *« déambule »* et donnez la signification du radical*. Citez des mots de la même famille.

19. L'expression *« une force herculéenne »* fait référence au personnage d'Hercule. Qui était Hercule dans la mythologie ?

20. Donnez l'étymologie du mot *« fatidique »* et indiquez d'autres mots de la même famille.

21. Le mot *« redingote »* vient de l'anglais. Cherchez son origine exacte. Connaissez-vous un autre exemple où l'orthographe d'un mot anglais a changé pour s'adapter au français ?

22. Après avoir rappelé ce qu'est un champ lexical, vous relèverez dans les premières pages de la nouvelle trois mots appartenant au champ lexical de la peur.

23. Le *« feulement »* désigne le cri du tigre. Quels autres noms désignant des cris d'animaux connaissez-vous ?

ÉTUDIER LA GRAMMAIRE

24. Donnez la nature et la fonction des mots soulignés dans le passage suivant.

« Le Dr Roylott épousa ma mère, jeune femme du général de division Stoner, de son vivant commandant du régiment d'artillerie du Bengale. Ma sœur Julia et moi, qui étions jumelles, n'avions que deux ans lors du remariage de notre mère. Celle-ci disposait d'une fortune considérable – 1 000 livres sterling par an, au bas mot – dont elle légua intégralement l'usufruit au Dr Roylott tant que nous resterions sous son toit : une clause restrictive stipulait toutefois qu'une somme annuelle devrait nous être allouée, à ma sœur et à moi, en prévision de notre mariage. »

25. Dans les phrases suivantes, soulignez les propositions subordonnées. Indiquez ensuite leur nature (complétive ou relative) et leur fonction.

a) « Je promis de tenir la chose secrète, promesse dont je me trouvai affranchi le mois dernier. »
b) « Nous pûmes constater qu'elle était en effet dans un état d'anxiété consternant. »
c) « Sherlock Holmes lui [décocha] *l'un de ses petits coups d'œil prestes auxquels rien n'échappait. »*
d) « J'ai entendu parler de vous par Mrs Farintosh, à qui vous avez apporté votre aide à l'époque où elle lui était cruellement nécessaire. »
e) « Je crois que cela date d'avant votre arrivée, Watson. »
f) « On m'a dit que vous étiez capable de scruter en profondeur les multiples vices de l'âme humaine. »
g) « Vous pourrez sans doute me dire comment avancer au milieu des dangers qui m'environnent. »
h) « Le Dr Roylott abandonna les démarches qu'il avait entreprises pour ouvrir un cabinet à Londres. »
i) « Il semblait que rien ne dût faire obstacle à notre bonheur. »
j) « Mon beau-père n'a pas le moindre ami, en dehors des Gitans de passage auxquels il permet d'établir leur campement sur les quelques hectares couverts de broussailles qui constituent le domaine familial. »
k) « Il voue une passion pour les animaux des Indes, dont un correspondant lui expédie des spécimens. »
l) « Vous comprenez sans peine que ma pauvre Julia et moi ne menions pas une vie très réjouissante. »
m) « Ces pièces, qui ne communiquent pas entre elles, sont toutes desservies par un couloir commun. »
n) « On sait donc avec certitude que ma sœur était parfaitement seule. »
o) « Je crois qu'elle succomba à la seule terreur et au choc nerveux. »
p) « Holmes releva le volant de dentelle noire de notre visiteuse, lequel reposait sur ses genoux. »
q) « J'ai ouï dire que les crocus ne tarderaient pas. »
r) « Je sais que miss Stoner est venue ici : je l'ai suivie. »

ÉTUDIER LES PERSONNAGES

26. Pour quelle raison le Dr Roylott dut-il travailler ? Quels sont les éléments dans sa description qui rendent le personnage inquiétant ?

27. Quelles sont les différentes manifestations de la brutalité de ce personnage au cours de la nouvelle ?

ÉTUDIER LE GENRE

28. Quel est le premier raisonnement de Sherlock Holmes dans cette nouvelle ? À qui s'applique-t-il ? Pourquoi surprend-il le personnage concerné ?

29. Y a-t-il différents suspects dans cette nouvelle ? Quel est le suspect principal ?

30. Qu'appelle-t-on « le mobile » d'un crime ? Quel est le mobile du crime dans cette nouvelle ? Ce genre de mobile est-il fréquent, selon vous, dans les histoires criminelles ?

31. La disposition des lieux est-elle importante, selon vous, pour comprendre le stratagème de l'assassin ? Faites un petit plan des chambres.

32. Quels sont les détails qui mettent un moment Sherlock Holmes sur une fausse piste ? Quand le détective reconnaît-il son erreur ?

33. L'enquête de Sherlock Holmes passe par Londres. Que va-t-il faire dans cette ville ? En quoi ses recherches sont-elles importantes pour la suite de l'intrigue ?

34. Quelles sont les différentes phases de l'enquête à *Stoke Moran* ? Notez les détails que Sherlock Holmes relève dans chacune des chambres visitées.

35. Edgar Poe, écrivain américain créateur du détective Auguste Dupin, a aussi utilisé un animal meurtrier dans la nouvelle *Double Assassinat dans la rue Morgue*. Quel est cet animal ?

Étudier le discours

36. Quelles sont les différentes parties dialoguées présentes dans cette nouvelle ? Le dialogue occupe-t-il une place importante dans cette nouvelle ? Pourquoi, selon vous ?

37. Qui est le narrateur* de cette nouvelle ? Que sait-on de lui ? Quels sont les éléments qui montrent son admiration pour le détective ?

narrateur : **celui qui raconte l'histoire.**

Étudier l'écriture

38. Dans l'entretien qu'il a avec le Dr Roylott, peut-on dire que Sherlock Holmes garde son « flegme » et qu'il fait preuve d'« ironie » ? Vous répondrez en définissant ces deux mots et en donnant des exemples précis.

39. Quels sont les personnages décrits dans la nouvelle ? Les descriptions sont-elles très détaillées ? À quoi servent-elles, selon vous ?

40. Relevez quelques comparaisons utilisées dans le récit.

41. Qu'est-ce que « le suspense » ? Peut-on dire que la nouvelle ménage du suspense ? Pourquoi ?

Lire l'image

42. Qu'est-ce qu'un « pastiche » dans les arts graphiques ? Recherchez les exemples présents dans votre livre et dites quelles images sont des pastiches.

À vos plumes !

43. Écrivez le compte rendu de cette affaire pour un quotidien*. Vous veillerez à respecter les contraintes de l'écriture journalistique.

quotidien : journal qui paraît chaque jour.

44. Écrivez un article pour raconter l'épisode qui conduisit le Dr Roylott en prison.

45. Mrs Hudson se rend chez une voisine à laquelle elle raconte son réveil ce matin-là. Écrivez le dialogue qui s'engage au cours duquel la maîtresse de maison expose les occupations, les qualités et les défauts de son patron, Sherlock Holmes.

46. Imaginez le journal tenu par le Dr Roylott pendant les journées qui ont précédé sa dernière tentative criminelle. Vous veillerez à respecter la présentation d'un journal intime.

47. Faites le portrait de Sherlock Holmes en imaginant différents points de vue : celui de Mrs Hudson, celui de Watson, celui de miss Helen Stoner et celui du Dr Roylott.

48. Imaginez un récit où un animal sera utilisé à des fins criminelles. Vous construirez une histoire complète avant d'entamer la rédaction.

L'Aventure du Diadème aux Béryls

– Holmes ! lançai-je un matin, alors que, debout dans l'embrasure de notre fenêtre en encorbellement[1], je contemplais la rue, il y a un fou qui divague dans Baker Street. Je trouve cela plutôt triste, que sa famille le laisse ainsi sortir seul.

Mon ami se leva paresseusement de son fauteuil, et se postant derrière moi, les mains dans les poches de sa robe de chambre, il regarda par-dessus mon épaule. C'était un matin de février clair, glacial. La neige de la veille, qui recouvrait encore le sol d'un épais manteau, étincelait sous le soleil hivernal. Au centre de la chaussée, la circulation avait formé un sillon noir et croûteux, mais de chaque côté et sur les amas le long des chemins ménagés pour les piétons, la neige restait aussi blanche que si elle

notes

1. en encorbellement : en saillie (qui dépasse) sur un mur.

venait de tomber. Bien que le trottoir gris eût été dégagé et raclé, il demeurait dangereusement glissant ; aussi voyait-on moins de passants que d'ordinaire. De fait, il ne venait personne de la station du métropolitain, à l'exception de l'unique individu dont le comportement extravagant avait attiré mon attention.

C'était un homme d'environ cinquante ans, grand, robuste et imposant, doté d'un visage charnu aux traits burinés et d'une prestance[1] magistrale. Il portait une tenue austère, quoique cossue, composée d'une redingote noire, d'un haut-de-forme luisant, de guêtres[2] marron élégantes et d'un pantalon gris perle bien coupé. Toutefois, son comportement détonnait[3] de façon incompréhensible avec la dignité de sa tenue et de sa mine, car il courait à toute vitesse avec force sautillements, comme les gens exténués qui n'ont guère l'habitude d'exiger le moindre effort de leurs jambes. Ce faisant, il agitait les bras en tous sens, secouant la tête et grimaçant de la plus convulsive manière.

– Que diable peut-il bien arriver à cet homme ? fis-je. Il regarde les numéros des maisons.

– À mon avis, c'est ici qu'il vient, annonça Holmes en se frottant les mains.

– Ici ?

– Oui, je suis sûr qu'il vient me voir pour une consultation professionnelle. Il me semble reconnaître les symptômes. Ha ! ne vous l'avais-je pas dit ?

Comme il prononçait ces mots, l'homme, suant et soufflant, se rua sur notre porte, et se pendit à la sonnette

notes

1. prestance : allure.

2. guêtres : enveloppes de tissu ou de cuir qui recouvrent le haut de la chaussure.

3. détonnait : contrastait.

jusqu'à ce que toute la maison retentisse de son tintement métallique.

Quelques instants plus tard, il était dans notre salon, soufflant et gesticulant toujours, mais nous lûmes dans son regard un chagrin, un désarroi si poignants que nos sourires se muèrent aussitôt en effroi mêlé de pitié. Pendant un bref instant, il fut incapable d'articuler un mot et se contenta d'osciller d'avant en arrière en s'arrachant les cheveux, comme quelqu'un dont la raison durement éprouvée est à deux doigts de sombrer. Puis, bondissant tout à coup sur ses pieds, il alla se cogner la tête contre le mur avec une telle violence que nous nous précipitâmes vers lui pour le ramener de force au centre de la pièce. Sherlock Holmes l'assit alors dans le fauteuil capitonné[1], prit place à côté de lui et, tout en lui tapotant la main, se mit à bavarder sur le ton léger et apaisant qu'il savait si bien prendre.

– Vous venez me raconter quelque chose, n'est-ce pas ? dit-il. Votre précipitation vous a épuisé. Attendez de recouvrer votre calme, je vous en prie ; après quoi, je m'occuperai avec grand plaisir du moindre petit problème que vous pourriez me soumettre.

L'homme demeura immobile pendant un peu plus d'une minute, la poitrine soulevée par son souffle précipité, luttant contre l'émotion. Puis il s'épongea le front à l'aide de son mouchoir, raffermit ses lèvres et tourna la tête dans notre direction.

– Vous me croyez certainement fou, n'est-ce pas ? dit-il.

– Je constate que vous venez d'éprouver un grand choc, répondit Holmes.

notes

1. capitonné : rembourré.

– Mon Dieu, oui... un choc de taille à ébranler ma raison, tant il est soudain et terrible. L'opprobre[1], j'aurais pu l'affronter, bien que je sois un homme dont la réputation n'a encore jamais connu la moindre flétrissure. Un chagrin personnel aussi, c'est le lot de chacun. Mais les deux simultanément et sous une forme si effroyable, voilà qui a suffi à m'ébranler jusqu'au tréfonds de l'âme. Qui plus est, il ne s'agit pas que de ma seule personne. La plus haute noblesse du pays risque d'être frappée, à moins que l'on ne trouve quelque issue à cette terrible affaire.

– Reprenez-vous, monsieur, je vous en prie, conseilla Holmes. Et exposez-moi clairement qui vous êtes et ce qui vous arrive.

– Mon nom ne vous est probablement pas inconnu, répondit notre visiteur. Je suis Alexander Holder, de la compagnie bancaire Holder & Stevenson, dans Threadneedle Street.

Nous connaissions en effet fort bien ce nom, qui était celui de l'associé principal du deuxième plus grand établissement bancaire privé de la Cité[2] de Londres. Quel événement pouvait donc s'être produit qui plonge l'un des plus éminents[3] citoyens de la ville dans une aussi navrante détresse ? Holmes et moi attendîmes, emplis d'une vive curiosité, qu'au prix d'un nouvel effort, notre visiteur surmonte son trouble et regagne assez d'empire[4] sur lui-même pour nous exposer son récit.

notes

1. *l'opprobre :* le déshonneur, la honte.

2. *Cité :* quartier des affaires à Londres.

3. *éminents :* distingués.

4. *d'empire :* de contrôle.

– Le temps a son prix, j'en suis convaincu, déclara-t-il. C'est pourquoi j'accourus chez vous sitôt que l'inspecteur de police me suggéra de requérir[1] votre collaboration. Je pris le chemin de fer souterrain jusqu'à Baker Street et achevai en hâte le trajet à pied, car les fiacres[2] roulent au pas, avec cette neige. C'est pourquoi, moi qui prends d'ordinaire fort peu d'exercice, j'arrivai si essoufflé. Mais je me sens mieux, maintenant ; aussi vais-je vous exposer brièvement les faits, de façon aussi claire que possible.

» Vous n'ignorez certes pas que, dans un établissement bancaire, la réussite est autant fonction de notre capacité à réinvestir nos fonds de façon lucrative[3], que de l'accroissement de notre clientèle, ainsi que du nombre de nos déposants[4]. L'un des moyens les plus rentables dont nous disposions pour placer de l'argent consiste à octroyer des prêts, lorsque les garanties sont irréprochables. Nous avons largement agi dans ce sens au cours de ces quelques dernières années, et nombreuses sont les familles de l'aristocratie auxquelles nous avons avancé des sommes importantes sur la garantie de leurs tableaux, bibliothèques ou argenterie.

» Hier matin, alors que je me trouvais dans mon bureau à la banque, l'un des employés m'apporta une carte de visite. À la vue du nom qui figurait dessus, je fis un bond, car il s'agissait ni plus ni moins de celui de... ma foi, peut-être vaut-il mieux que, même à vous, je me contente de dire qu'il s'agissait d'un nom connu de tous, sur la planète tout entière... l'un des plus grands, des plus éminents, des plus nobles noms que compte l'Angleterre. Un tel honneur me comblait ; aussi m'efforçai-je, lorsque mon visiteur entra, de

notes

1. requérir : demander.
2. fiacres : voitures à cheval.
3. lucrative : rentable.
4. déposants : clients.

lui exprimer mon sentiment, mais il entra immédiatement dans le vif du sujet, avec l'air de qui souhaite s'acquitter au plus vite d'une tâche désagréable.

"J'ai appris, monsieur Holder, me dit-il, que vous pratiquiez des avances de fonds.

– La compagnie en consent sur la foi de garanties sérieuses, répondis-je.

– Il est absolument essentiel, reprit-il, que je puisse disposer immédiatement de 50 000 livres sterling. Je pourrais, certes, emprunter dix fois le montant d'une somme aussi infime à mes amis, mais je préfère de loin traiter cet arrangement comme une affaire et régler ladite affaire moi-même. Vous comprendrez aisément qu'il est imprudent, pour quelqu'un de mon rang, de contracter des obligations.

– Puis-je vous demander pour quelle durée cette somme vous sera nécessaire ? m'enquis-je[1].

– Lundi prochain, on doit me rendre une grosse somme. Je serai donc assurément en mesure de vous rembourser ce prêt ainsi que les intérêts que vous jugerez appropriés, quels qu'ils soient. Mais il est tout à fait essentiel que l'on me verse immédiatement la somme en question.

– Je serais heureux de vous avancer cet argent sur mes propres deniers sans plus de pourparlers, répondis-je, si cela ne risquait de passablement grever[2] mes moyens. D'un autre côté, si je dois le faire au nom de la compagnie, alors, par souci de justice envers mon associé, je me verrai contraint d'insister pour que, même dans votre cas, toutes les précautions d'usage soient respectées.

notes

1. m'enquis-je : demandai-je.

2. grever : dépasser.

– Je préférerais de loin qu'il en soit ainsi, déclara mon interlocuteur, saisissant un écrin[1] carré de maroquin[2] noir qu'il avait posé à côté de sa chaise. Vous avez sans nul doute entendu parler du Diadème[3] aux Béryls[4] ?

– L'un des biens les plus précieux de l'Empire, précisai-je.

– Exactement. (Il ouvrit alors l'écrin et là, posé sur un lit de soyeux velours chair, apparut le somptueux joyau qu'il venait de nommer.) Il est serti de trente-neuf très gros béryls, annonça-t-il. Et la monture d'or a en outre une valeur inestimable. La plus faible expertise attribuerait à ce diadème un prix s'élevant au double de la somme que je vous ai demandée. Je suis prêt à vous le confier en guise de garantie."

» Je m'emparai du précieux écrin, puis, passablement décontenancé[5], m'arrachai à sa contemplation pour lever les yeux vers mon illustre client.

"Vous doutez de sa valeur ? me demanda-t-il.

– Pas du tout. Je doute seulement...

– Que la bienséance[6] m'autorise à vous le confier. Rassurez-vous, je ne songerais pas à le faire si je n'étais absolument certain de pouvoir le reprendre d'ici quatre jours. Il ne s'agit que d'une simple formalité. Cette garantie suffira-t-elle ?

– Amplement.

– Je vous donne là, monsieur Holder, vous le comprenez, une preuve non négligeable de la confiance que je place en vous, confiance fondée sur tout ce que j'ai ouï[7] dire à votre

notes

1. *écrin* : boîte utilisée pour les bijoux.

2. *maroquin* : peau de chèvre teinte.

3. *Diadème* : bijou féminin en forme de couronne.

4. *Béryls* : pierres précieuses.

5. *décontenancé* : embarrassé.

6. *la bienséance* : le respect des usages.

7. *ouï* : entendu.

sujet. Je compte sur vous non seulement pour faire preuve de discrétion et vous abstenir de répandre le moindre bruit à ce sujet, mais par-dessus tout, pour prendre le plus grand soin de ce diadème. En effet, je n'ai nul besoin de spécifier que, s'il lui arrivait quoi que ce soit, cela susciterait un énorme scandale. Le plus léger dégât serait pratiquement aussi grave que sa perte, car il n'existe pas au monde de béryls capables de rivaliser avec ceux-ci, et l'on n'aurait aucun moyen de les remplacer. C'est néanmoins en toute confiance que je vous le laisse et je viendrai en personne le chercher lundi matin."

» Voyant que mon client était impatient de prendre congé, je m'en tins là, fis venir mon caissier et lui donnai l'ordre de verser à vue cinquante billets de 1 000 livres. Toutefois, quand je me retrouvai seul face au précieux écrin posé sur la table, devant moi, je ne pus réprimer une certaine appréhension en songeant à l'énorme responsabilité qui m'incombait. Il ne faisait aucun doute, ce diadème étant un bien national, qu'un scandale effroyable éclaterait s'il lui arrivait la moindre mésaventure. Déjà, je regrettais d'en avoir accepté la charge. Mais il était trop tard, désormais, pour modifier la situation ; aussi enfermai-je l'écrin dans mon coffre-fort, et me remis-je à mon travail.

» Le soir venu, il me sembla imprudent de partir en laissant un objet aussi précieux dans mon bureau. Bien des coffres de banquiers ont été forcés, par le passé : pourquoi pas le mien ? Et si cela se produisait, quelle terrible situation je connaîtrais alors ! Je décidai donc que, pendant les quelques jours à venir, j'emporterais et rapporterais l'écrin en me rendant au travail, de façon à le conserver constamment à portée de main. Fort de cette intention, je fis venir un fiacre et regagnai mon domicile, à Streatham, muni du diadème. Je ne respirai que lorsque je l'eus enfermé dans le secrétaire de mon cabinet de toilette, à l'étage.

» À présent, monsieur Holmes, un mot au sujet de mes domestiques, car je tiens à ce que vous compreniez parfaitement la situation. Mon valet d'écurie et mon groom[1] couchent à l'extérieur de la maison, aussi peut-on les mettre tous deux hors de cause. J'ai trois servantes à mon service depuis plusieurs années, que leur sérieux absolu place au-dessus de tout soupçon. La quatrième, Lucy Parr, seconde femme de chambre, vient d'entrer à mon service il y a quelques mois seulement. Cela dit, elle s'est présentée avec une excellente réputation et m'a toujours donné satisfaction. C'est une très jolie jeune femme – ce qui lui vaut d'attirer les soupirants, lesquels ne manquent pas de venir rôder de temps à autre autour de la maison. C'est là le seul reproche que nous puissions lui faire, car elle nous semble témoigner à tous égards d'une excellente nature.

» Voilà pour les domestiques. Quant à ma famille proprement dite, elle est si restreinte qu'en faire la description ne me prendra guère de temps. Je suis veuf et n'ai qu'un fils, Arthur. Ce garçon s'est révélé pour moi une déception, monsieur Holmes... une cruelle déception. J'en porte moi-même la responsabilité, cela ne fait aucun doute à mes yeux. Les gens me disent que je l'ai trop gâté. C'est fort probable. Après la mort de ma chère épouse, j'eus le sentiment de n'avoir plus que lui au monde et lui dédiai toute mon affection. Je ne pouvais supporter de voir le sourire s'effacer un seul instant de son visage. Je ne lui ai jamais rien refusé. Peut-être eût-il mieux valu pour lui et moi que je me montre plus sévère, mais je croyais agir pour le mieux.

notes

1. mon groom : mon serviteur.

» Naturellement, je nourrissais le dessein[1] de le voir prendre ma succession dans les affaires, mais Arthur ne témoigna pas de dispositions dans ce domaine. C'était un garçon indiscipliné, frondeur[2], et à franchement parler, je ne pouvais pas lui faire confiance pour le maniement de grosses sommes. Plus jeune, il entra dans un club aristocratique au sein duquel, du fait de ses plaisantes manières, il ne tarda pas à lier des relations on ne peut plus familières avec un certain nombre de messieurs aux escarcelles[3] bien garnies et aux habitudes dispendieuses[4]. Il apprit à miser gros en jouant aux cartes et à dilapider[5] son argent sur le champ de courses, au point qu'à maintes et maintes reprises, il fut obligé de venir me trouver pour m'implorer de lui verser une avance sur sa pension de façon à s'acquitter de dettes d'honneur. Il tenta plus d'une fois de mettre un terme à ses dangereuses fréquentations, mais l'emprise de son ami Sir George Burnwell suffit toujours à le faire retomber dans l'ornière[6].

» Et de fait, je ne pouvais m'étonner qu'un homme tel que Sir George Burnwell eût acquis quelque ascendant[7] sur mon fils, car ce dernier l'a souvent invité chez nous, et je me suis aperçu que, moi-même, je ne résistais guère au charme extraordinaire de sa personnalité. Sir George est plus âgé qu'Arthur et homme du monde jusqu'au bout des ongles. Il a tout vu, voyagé partout, c'est un brillant causeur et un homme d'une grande beauté. Cela dit, quand je pense à lui à tête reposée, loin de son éblouissante présence, je reconnais à ses propos cyniques[8] ainsi qu'à la lueur que j'ai surprise

notes

1. le dessein : le projet.
2. frondeur : rebelle.
3. escarcelles : bourses.
4. dispendieuses : coûteuses.
5. dilapider : gaspiller.
6. l'ornière : le mauvais chemin.
7. ascendant : influence.
8. cyniques : moqueurs.

dans son regard, qu'il s'agit d'un individu dont il faut grandement se méfier. Telle est l'opinion que partage ma petite Mary, qui possède une vive intuition de femme en matière de personnalités.

» Il ne me reste plus, maintenant, qu'à la décrire, elle. Mary est ma nièce, mais quand mon frère mourut – ce qui remonte à cinq ans –, la laissant seule au monde, je l'adoptai et la considère depuis comme ma fille. C'est un rayon de soleil dans mon foyer : douce, aimante, belle, excellente maîtresse de maison et femme d'intérieur, et cependant aussi tendre, calme, gracieuse, qu'une femme sait l'être. C'est mon bras droit. Sans elle, je ne sais pas ce que je ferais. Il n'est qu'un point sur lequel elle ait contrecarré[1] mes attentes : par deux fois, mon garçon lui demanda sa main, car il lui voue un amour éperdu. Chaque fois, elle refusa. Je crois pourtant que, si quelqu'un avait pu ramener Arthur sur le droit chemin, ç'eût été Mary. Ce mariage aurait pu transformer la vie de mon fils, mais hélas ! il est trop tard, maintenant... à jamais trop tard !

» Sur ce, monsieur Holmes, vous connaissez tous ceux qui vivent sous mon toit ; aussi vais-je poursuivre en vous narrant ma pitoyable aventure.

» Ce soir-là, après le dîner, alors que nous prenions le café au salon, je parlai à Arthur et à Mary de ce qui m'était arrivé, ainsi que du précieux trésor qu'abritaient nos murs, sans toutefois mentionner le nom de mon client. Lucy Parr, qui venait d'apporter le café, avait, j'en suis sûr, quitté la pièce. Je ne pourrais jurer, toutefois, que la porte était fermée. Mary et Arthur, très intéressés, demandèrent à voir le fameux diadème, mais je jugeai préférable de le laisser où il se trouvait.

notes

1. contrecarré : contrarié.

"Où l'avez-vous rangé, papa ? s'enquit Arthur.

– Dans mon propre secrétaire.

– Eh bien ! tout ce que j'espère, c'est que personne ne viendra cambrioler la maison pendant la nuit ! s'écria-t-il.

– Le joyau est sous clé, répondis-je.

– Oh ! n'importe quelle clé ouvrirait ce secrétaire. Quand j'étais enfant, je l'ai moi-même ouvert avec la clé du placard qui se trouve dans le débarras."

» Arthur tenait souvent des propos excessifs, aussi ne prêtai-je guère d'importance à ce qu'il venait de dire. Ce soir-là, toutefois, il m'accompagna jusqu'à ma chambre, la mine fort grave.

"Dites, papa, lança-t-il, les yeux baissés. Pouvez-vous m'avancer 200 livres ?

– Non, je ne peux pas ! répliquai-je sèchement. Je fais preuve d'une bien trop grande générosité à ton égard en ce qui concerne les questions d'argent.

– En effet, vous êtes très bon, répondit-il. Mais il me faut absolument cet argent, sans quoi je ne pourrai plus jamais remettre les pieds au club.

– Ce serait une fort bonne chose, du reste !

– Certes, mais vous ne pouvez me laisser quitter ce club en homme déchu[1], reprit Arthur. Je ne pourrais supporter un tel déshonneur. Il faut que je trouve cette somme d'une façon ou d'une autre, et si vous ne voulez pas me l'avancer, j'aurai recours à d'autres moyens."

» J'étais furieux, monsieur Holmes, car il s'agissait de sa troisième requête[2] en un mois.

notes

1. déchu : ruiné.

2. requête : demande.

“Je ne te donnerai pas un sou !” m'exclamai-je, sur quoi il inclina le buste et quitta la pièce sans un mot.

» Quand il fut parti, j'ouvris mon secrétaire, m'assurai que mon trésor s'y trouvait en sûreté et refermai le meuble à double tour. Après quoi, j'entrepris de faire le tour de la maison pour vérifier que les portes étaient toutes verrouillées – tâche dont je laisse d'ordinaire le soin à Mary, mais qu'il me sembla bon d'effectuer moi-même, ce soir-là. En arrivant au pied de l'escalier, j'aperçus justement ma nièce devant la fenêtre latérale du vestibule qu'elle ferma et verrouilla à mon approche.

“Dites, papa, me dit-elle, l'air un peu troublé, me sembla-t-il. Avez-vous donné sa soirée à Lucy ?

– Point du tout.

– Elle vient à l'instant de rentrer par la porte de derrière. Je suis à peu près sûre qu'elle n'a fait qu'aller jusqu'à la petite grille pour voir quelqu'un, mais je trouve que cela n'est pas très prudent et devrait cesser.

– Il faudra que tu lui parles, demain matin, ou si tu préfères, je m'en chargerai. As-tu bien vérifié que tout est fermé à clé ?

– Scrupuleusement, papa.

– Dans ce cas, bonne nuit, Mary.”

» Je l'embrassai et remontai dans ma chambre, où je ne tardai pas à m'endormir.

» Je m'efforce de ne rien omettre[1] qui puisse avoir trait à[2] l'affaire de quelque façon que ce soit, monsieur Holmes. Mais je vous prie sincèrement de ne pas hésiter à me poser

notes

1. omettre : oublier.

2. avoir trait à : avoir rapport avec.

des questions sur le moindre détail que je pourrais laisser dans l'ombre.

– Votre récit est, au contraire, singulièrement limpide, monsieur Holder.

– J'en arrive maintenant à une partie de mon aventure que je tiens à rendre particulièrement claire. Je n'ai pas le sommeil très lourd, mais le souci qui m'occupait l'esprit tendit sans aucun doute à accentuer cette particularité. Toujours est-il qu'aux alentours de 2 heures du matin, du bruit dans la maison me tira de mon assoupissement. Le temps que je me réveille parfaitement, le silence était revenu, mais une impression subsista, comme si, quelque part, une fenêtre avait été doucement refermée. Je restai immobile, l'oreille aux aguets. Tout à coup, à mon grand effroi, je perçus nettement un bruit de pas feutrés dans la pièce voisine. Je me glissai hors de mon lit, tout tremblant de peur, et coulai un regard dans mon cabinet de toilette par l'entrebâillement de la porte.

“Arthur ! tonnai-je. Scélérat, voleur que tu es ! Comment oses-tu poser la main sur ce diadème ?”

» Le gaz était en veilleuse, tel que je l'avais laissé, et mon misérable fils, vêtu en tout et pour tout de son pantalon et de sa chemise, se tenait sous la lampe, le diadème à la main. Il semblait en train de le tordre, ou de le déformer, de toutes ses forces. Au cri que je poussai, il le lâcha et devint pâle comme un mort. Je ramassai prestement[1] le diadème et l'examinai. L'une des pointes de la monture en or, garnie de trois béryls, avait disparu.

notes

1. prestement : rapidement.

"Gredin que tu es ! hurlai-je, égaré par la fureur. Tu l'as massacré ! Tu m'as déshonoré à tout jamais ! Où sont les pierres que tu as volées ?

– Volées ? s'écria-t-il.

– Oui, volées, bandit ! tempêtai-je en lui secouant l'épaule.

– Il n'en manque aucune. Il ne peut pas en manquer, fit-il.

– Il en manque trois. Et tu sais très bien où elles sont. Dois-je te traiter de menteur, aussi bien que de bandit ? Ne t'ai-je pas surpris en train d'essayer d'en casser un autre bout ?

– Vous m'avez assez injurié comme cela, décréta-t-il. Je n'en souffrirai pas plus. Puisque vous avez décidé de me traiter de tous les noms, je ne dirai pas un mot de plus sur cette histoire. Je quitterai votre maison dès demain matin et m'en irai vivre par mes propres moyens.

– C'est entre deux policiers que tu quitteras cette maison ! m'écriai-je, à demi fou de chagrin et de rage. J'exigerai que toute la lumière soit faite sur cette affaire.

– Vous n'obtiendrez pas un mot de moi, déclara-t-il avec une passion dont je ne l'aurais pas cru doté. Puisque vous avez décidé d'appeler ces messieurs de la police, eux se chargeront de découvrir ce qu'ils peuvent."

» Toute la maisonnée était sur pied, désormais, car dans ma colère, j'avais haussé le ton. Mary fut la première à accourir dans ma chambre. À la vue du diadème et de l'expression d'Arthur, elle comprit toute l'histoire, poussa un cri et s'effondra, inanimée. J'envoyai la bonne quérir[1] la police, à qui je confiai sur-le-champ le soin d'enquêter. Quand l'inspecteur, flanqué d'un agent, franchit le seuil de

notes

1. quérir : chercher.

la maison, Arthur, qui, jusque-là, était resté taciturne, bras croisés, me demanda si j'avais l'intention de porter plainte contre lui pour vol. Je lui répondis que, désormais, cette affaire n'était plus privée, mais publique, le diadème endommagé faisant partie des biens nationaux. J'étais donc décidé à laisser les policiers agir en tous points à leur guise.

“De toute façon, lança Arthur, vous n'allez pas me faire arrêter immédiatement. Or, il serait bon, dans votre intérêt tout autant que dans le mien, que je puisse sortir cinq minutes de la maison.

– Pour t'enfuir, ou pour cacher ce que tu as volé peut-être, rétorquai-je[1].”

» Sur quoi, comprenant en quelle effroyable situation je me trouvais placé, je suppliai mon fils de se rappeler qu'il y allait non seulement de mon honneur, mais de celui d'un personnage infiniment plus important que moi, et qu'il risquait de provoquer un scandale dont les répercussions allaient secouer la nation tout entière. Tout cela, il pourrait l'empêcher s'il acceptait ne serait-ce que de me dire ce qu'il avait fait des trois pierres manquantes.

“Autant affronter les conséquences de ton acte, lui dis-je. On t'a pris en flagrant délit. Aucun aveu ne saurait rendre ta culpabilité plus monstrueuse. Si tu acceptes, dans la mesure de tes possibilités, de réparer ta faute en nous disant où se trouvent les pierres, nous pardonnerons et oublierons tout cela.

– Gardez votre pardon pour qui le sollicite[2]”, répliqua-t-il en se détournant de moi avec une moue crispée.

notes

1. rétorquai-je : répondis-je

2. sollicite : demande.

» Je vis alors qu'il avait le cœur trop endurci pour que le moindre de mes propos parvienne à l'émouvoir. Il n'y avait qu'une solution. Je fis venir l'inspecteur et lui livrai mon fils. On procéda séance tenante[1] à une fouille non seulement de sa personne, mais également de la pièce et du moindre recoin de la maison dans lequel il pouvait avoir caché les béryls. On n'en trouva néanmoins pas trace, et ce maudit garçon ne consentit pas à desserrer les dents, malgré nos objurgations[2] et nos menaces. Ce matin, on le conduisit en prison, pendant que, pour ma part, après m'être acquitté de toutes les formalités de police, je me précipitais jusqu'ici pour vous supplier d'employer votre compétence à démêler cette histoire. Ces messieurs de la police ont ouvertement reconnu que, pour le moment, ils n'y comprenaient goutte[3]. Vous avez toute latitude[4] en ce qui concerne les dépenses, monsieur Holmes. J'ai d'ores et déjà offert une récompense de 1 000 livres. Seigneur ! Que vais-je devenir ? En l'espace d'une nuit, j'ai perdu mon honneur, mes pierres, et mon fils. Oh ! Que vais-je devenir ?

Plaquant les mains sur ses tempes, monsieur Holder se mit alors à se balancer d'avant en arrière en gémissant sourdement tout bas, comme un enfant dont le chagrin dépasse l'expression.

Sherlock Holmes demeura silencieux pendant quelques minutes, les sourcils froncés et le regard rivé aux flammes dans la cheminée.

– Recevez-vous beaucoup ? demanda-t-il.

notes

1. séance tenante : immédiatement.

2. objurgations : reproches.

3. goutte : rien.

4. latitude : liberté.

– Jamais, hormis mon associé et sa famille ou, le cas échéant, quelque ami de mon fils. Sir George Burnwell est venu plusieurs fois, dernièrement. Personne d'autre, à ma souvenance[1].

– Et sortez-vous beaucoup ?

– Arthur le fait. Mary et moi restons à la maison. Ni l'un ni l'autre n'aimons guère sortir.

– Voilà qui est inhabituel, chez une jeune fille.

– C'est une nature paisible. D'ailleurs, elle n'est plus si jeune que cela : elle a 24 ans.

– Cette histoire, d'après ce que vous en dites, semble l'avoir vivement affectée, elle aussi.

– Terriblement ! Elle est encore plus bouleversée que moi.

– Ni votre nièce ni vous-même n'éprouvez le moindre doute quant à la culpabilité de votre fils ?

– Comment le pourrions-nous, quand je l'ai vu de mes propres yeux, le diadème à la main !

– Je ne tiens pas cela pour une preuve déterminante. Ce qui restait du diadème était-il endommagé ?

– Oui, il était vrillé.

– Ne pensez-vous pas, dans ce cas, que votre fils était peut-être en train de s'affairer à le redresser ?

– Mon pauvre monsieur ! Vous faites tout ce que vous pouvez pour Arthur, aussi bien que pour moi, mais la tâche est trop ardue. Que faisait mon fils dans cette pièce ? Et si ses intentions étaient honnêtes, que ne l'a-t-il dit ?

– Justement : s'il était coupable, que n'a-t-il inventé un mensonge ? Le silence qu'il observa me paraît équivoque.

notes

1. à ma souvenance : d'après mes souvenirs.

D'ailleurs, cette affaire recèle plusieurs détails singuliers. Que pense la police de ce bruit qui vous tira de votre sommeil ?

– Ils décrétèrent qu'il devait s'agir d'Arthur fermant la porte de sa chambre.

– Parbleu ! Comme si quelqu'un nourrissant de mauvaises intentions allait claquer la porte de sa chambre de façon à éveiller toute une maisonnée. Que disent ces messieurs, en outre, au sujet de la disparition des béryls ?

– À cette heure, ils sont toujours en train de sonder les boiseries et de fouiller les meubles, dans l'espoir de les retrouver.

– Ont-ils pensé à inspecter les abords de la maison ?

– Oui. Ils ont fait preuve d'une prodigieuse activité. Le jardin tout entier a été passé au peigne fin.

– Cela dit, mon cher monsieur, reprit Holmes, ne vous semble-t-il pas maintenant évident que cette histoire est, en vérité, infiniment plus trouble que vous-même ou la police n'avez eu initialement tendance à le croire ? Cela vous sembla une affaire toute simple ; pour ma part, je la trouve éminemment[1] complexe. Réfléchissez à ce qu'implique votre propre hypothèse. Vous supposez que votre fils quitta son lit, se rendit à grands risques dans votre cabinet de toilette ; là, il ouvrit votre secrétaire et s'empara de votre diadème dont, à la force du poignet, il sectionna un petit morceau. Puis il se rendit en quelque autre endroit de la maison, cacha trois des trente-neuf béryls avec une adresse telle que nul ne parvient à les retrouver et rapporta ensuite les trente-six autres dans la fameuse pièce, où il avait toutes les chances de se faire surprendre. Une telle hypothèse, je vous le demande, est-elle défendable ?

notes

1. éminemment : extrêmement.

– En existe-t-il une autre ? s'écria le banquier, avec un geste d'impuissance. Si les intentions d'Arthur étaient innocentes, pourquoi ne les expose-t-il pas ?

– Notre tâche consiste à le découvrir, répondit Holmes. Sur ce, si vous le voulez bien, monsieur Holder, nous allons nous mettre en route ensemble pour Streatham, et consacrer une heure à l'étude un peu plus approfondie des détails.

Mon ami insista pour que je les accompagne dans leur expédition – proposition que j'accueillis avec un certain enthousiasme, car le récit que nous venions d'entendre avait vivement éveillé mon intérêt et ma compassion. La culpabilité du fils du banquier ne faisait, je l'avoue, aucun doute à mes yeux, pas plus qu'à ceux du malheureux Mr Holder. Cependant, ma foi dans le jugement de Holmes était telle que, ne le voyant pas satisfait de l'explication avancée, je conclus qu'il devait nécessairement exister quelque raison d'espérer. Il ne prononça pratiquement pas un mot durant tout le trajet jusqu'à la banlieue sud et resta immobile, le menton sur la poitrine, le chapeau abaissé devant les yeux, plongé dans une profonde méditation. Notre client semblait un peu ragaillardi par la faible lueur d'espoir qui lui avait été présentée, et alla même jusqu'à échanger avec moi quelques propos à bâtons rompus[1] au sujet de sa profession. Un bref trajet en train, suivi d'un trajet à pied plus bref encore, nous amena à *Fairbank*, la demeure sans prétention du grand financier.

Fairbank était une grande maison carrée en pierre blanche, légèrement en retrait de la rue. Devant, bordée de pelouses enneigées, une allée permettant l'accès des

notes

1. à bâtons rompus : sans suite, de façon discontinue.

équipages[1] se déployait en demi-cercle, de l'un à l'autre des larges portails de fer forgé qui se dressaient à l'entrée. D'un bouquet d'arbres, sur la droite, partait un étroit sentier s'enfonçant entre deux haies bien taillées de la rue à la porte de la cuisine et constituant l'entrée de service. À gauche, un petit chemin conduisait aux écuries, mais étant une voie publique, quoique peu fréquentée, il ne faisait pas du tout partie de la propriété elle-même. Holmes nous laissa devant la porte pour faire lentement le tour de la maison, traversant la pelouse, empruntant le sentier menant à l'entrée de service, et poursuivant ensuite par le jardin, derrière, pour ressortir par le chemin venant des écuries. Il fut si long que Mr Holder et moi entrâmes dans la salle à manger, où nous l'attendîmes au coin du feu. Nous étions assis là, sans mot dire, quand la porte s'ouvrit. Entra une jeune femme d'une taille sensiblement supérieure à la moyenne, mince, dotée d'une chevelure sombre et d'yeux qui semblaient plus foncés encore, par contraste avec son teint d'une pâleur absolue. Je ne crois pas avoir jamais vu un visage de femme aussi mortellement pâle. Ses lèvres, de même, étaient livides, et ses paupières rougies par les pleurs. Comme elle s'avançait sans bruit dans la pièce, je fus frappé par l'impression de chagrin qui émanait d'elle, plus encore que par celle du banquier le matin même. C'était d'autant plus troublant que la jeune femme avait manifestement beaucoup de caractère et une grande capacité à se dominer. Sans se soucier de ma présence, elle se dirigea directement vers son oncle et lui passa la main sur le visage en un geste féminin plein de douceur.

notes

1. équipages : les voitures avec chevaux et le personnel qui s'en occupe.

– Vous avez donné des ordres pour qu'Arthur soit relâché, papa, n'est-ce pas ? s'enquit-elle.

– Non, ma fille. Il faut que toute la vérité soit faite sur cette affaire.

– Mais il est innocent, j'en ai la certitude. Vous savez ce qu'est l'intuition d'une femme. Je sais qu'Arthur n'a rien fait de mal, et vous regretterez l'intransigeance de votre réaction.

– S'il est innocent, alors pourquoi ne parle-t-il pas ?

– Qui peut le dire ? Peut-être vos soupçons l'ont-ils mis très en colère ?

– Comment aurais-je pu m'abstenir de le soupçonner, quand je l'ai vu, de mes yeux vu, le diadème à la main !

– Oh ! mais il l'avait seulement pris pour le regarder. Croyez-moi, je vous en prie, croyez-moi quand je vous dis qu'Arthur est innocent. Oubliez cette affaire et n'en dites plus rien. C'est si affreux de penser à notre cher Arthur emprisonné !

– Je n'oublierai rien de cette affaire tant que l'on n'aura pas retrouvé les pierres, Mary... rien ! Ton affection pour Arthur t'aveugle et t'empêche de voir les conséquences horribles de cette affaire pour moi. Aussi, loin de chercher à l'étouffer, j'ai fait venir un monsieur de Londres pour qu'il enquête de façon plus approfondie.

– Ce monsieur-là ? demanda-t-elle en se tournant vers moi.

– Non, son ami. Il a demandé à rester seul et fait pour le moment un tour dans le chemin des écuries.

– Le chemin des écuries ? (Elle arqua ses sombres sourcils.) Que peut-il espérer y trouver ? Ah ! c'est lui que voilà, je suppose. J'espère, monsieur, que vous parviendrez à établir ce qui, à mon sens, constitue la vérité, à savoir que mon cousin Arthur n'est pas l'auteur de ce délit.

– Je partage tout à fait votre opinion et j'espère avec vous que nous pourrons le prouver, déclara Holmes en retour, avant de regagner le paillasson où il tapa du pied pour ôter la neige de ses chaussures. Je pense avoir l'honneur de m'adresser à miss Mary Holder. Puis-je vous poser une ou deux questions ?

– Faites, monsieur, je vous en prie, si cela peut aider à tirer au clair cette terrible affaire.

– Vous n'avez rien entendu, la nuit dernière ?

– Non, rien, jusqu'au moment où mon oncle a haussé la voix. Je suis alors descendue.

– La veille au soir, vous aviez fermé fenêtres et portes. Avez-vous verrouillé toutes les fenêtres ?

– Oui.

– Étaient-elles toutes verrouillées ce matin ?

– Oui.

– L'une de vos domestiques a un amoureux ? Je crois savoir qu'hier soir, vous avez fait remarquer à votre oncle qu'elle était sortie pour aller le voir ?

– En effet. Qui plus est, il s'agissait de la jeune fille qui avait servi le café au salon. Elle avait donc peut-être entendu mon oncle parler du diadème.

– Je vois. Vous en déduisez qu'elle est sortie pour aller en parler à son amoureux, et qu'ensemble ils ont peut-être ourdi[1] ce cambriolage ?

– Mais enfin ! s'écria impatiemment le banquier, à quoi servent toutes ces hypothèses fumeuses, puisque je vous dis que j'ai vu Arthur le diadème à la main ?

– Attendez une minute, monsieur Holder. Il faut que nous revenions sur ce point. En ce qui concerne la jeune

notes

1. *ourdi* : préparé.

fille, miss Holder, je suppose que vous l'avez vue rentrer par la porte de la cuisine ?

– En effet. J'allais voir si cette porte était fermée à clé, quand je l'ai trouvée qui se glissait à l'intérieur. J'ai également vu l'homme, dans l'obscurité.

– Le connaissez-vous ?

– Oh ! oui, il s'agit de l'épicier qui nous livre les légumes. Il s'appelle Francis Prosper.

– Il se tenait à gauche de la porte, sur le sentier, affirma Holmes. C'est-à-dire un peu plus que nécessaire pour atteindre la porte en question ?

– C'est juste.

– Et il s'agit d'un homme avec une jambe de bois ?

Une expression voisine de la peur jaillit brusquement au fond des yeux noirs expressifs de la jeune femme.

– Çà ! mais vous êtes un vrai sorcier, s'écria-t-elle. Comment le savez-vous ?

Elle sourit. Mais le visage fin, aigu, de Holmes ne s'éclaira point en retour.

– Je serais très heureux de passer à l'étage, à présent, déclara-t-il. Et je souhaiterai probablement examiner de nouveau l'extérieur de la maison. Je ferais peut-être bien d'inspecter les fenêtres du rez-de-chaussée avant de monter.

Il fit prestement le tour des fenêtres en question, ne s'arrêtant que devant la plus grande, qui donnait du vestibule sur le chemin menant aux écuries. Il l'ouvrit et en examina soigneusement le rebord à l'aide de sa puissante loupe.

– Nous pouvons monter, à présent, annonça-t-il enfin.

Le cabinet de toilette du banquier était une petite pièce sommairement meublée d'un tapis gris, d'un grand secrétaire et d'un miroir en pied. Holmes se dirigea d'abord vers le secrétaire et en observa attentivement la serrure.

– Avec quelle clé l'a-t-on ouvert ? demanda-t-il.

– Avec celle dont mon fils avait lui-même parlé... celle qui ouvre le placard du débarras.

– Vous l'avez ici ?

– C'est celle-là, sur la coiffeuse[1].

Sherlock Holmes s'en empara et ouvrit le secrétaire.

– C'est une serrure qui joue sans bruit, déclara-t-il. Rien d'étonnant à ce que cela ne vous ait pas réveillé. Cet écrin contient le diadème, je présume ? Il faut que nous y jetions un coup d'œil.

Ouvrant alors l'écrin, il en sortit le diadème qu'il posa sur le plateau du secrétaire. C'était une somptueuse pièce d'orfèvrerie, ornée des trente-six plus belles gemmes[2] que j'aie jamais vues. L'une des pointes du côté, sertie de trois pierres, avait été arrachée.

– Et maintenant, monsieur Holder, lança Holmes, voici le morceau dont le complément a si malencontreusement été perdu. Puis-je vous prier de bien vouloir en casser un bout ?

Le banquier recula, horrifié.

– Il ne me viendrait même pas à l'idée d'essayer ! répondit-il.

– Dans ce cas, je vais m'en charger. (Sur ce, Holmes imprima une violente torsion au joyau, sans toutefois obtenir de résultat.) Je le sens plier un peu, dit-il. Mais bien que je sois doté d'une force exceptionnelle dans les doigts, il faudrait que je prenne tout mon temps pour parvenir à briser ce diadème. Un homme ordinaire n'y réussirait pas. Cela dit, que serait-il arrivé, à votre avis, monsieur Holder, si je l'avais bel et bien brisé ? Cela aurait fait un bruit comparable à une

notes

1. ***la coiffeuse :*** petite table de toilette munie d'une glace.
2. ***gemmes :*** pierres précieuses.

détonation de pistolet. Et vous me dites que tout cela s'est passé à quelques mètres de votre lit sans que vous n'en perceviez rien ?

– Je ne sais qu'en penser. Tout cela est fort obscur à mes yeux.

– Mais peut-être les choses s'éclairciront-elles à mesure que nous progresserons ? Qu'en pensez-vous, miss Holder ?

– J'avoue que je reste aussi décontenancée[1] que mon oncle.

– Votre fils, monsieur Holder, ne portait ni chaussures, ni pantoufles, quand vous l'avez surpris ?

– Il n'était vêtu en tout et pour tout que de son pantalon et de sa chemise.

– Merci. Nous avons sans nul doute bénéficié d'une chance incroyable, au cours de nos recherches. Si nous ne parvenons pas à tirer cette affaire au clair, ce sera entièrement de notre faute. Avec votre permission, monsieur Holder, je vais maintenant poursuivre mes investigations[2] dehors.

Holmes sortit seul, comme il en formula lui-même le souhait, en nous expliquant que toute empreinte superflue risquerait de lui compliquer la tâche. Pendant une heure et plus, il s'affaira et finit par rentrer, les chaussures alourdies de neige et le visage plus impénétrable que jamais.

– Je crois que j'ai maintenant vu tout ce qu'il y a à voir, monsieur Holder, déclara-t-il. Je servirai mieux votre cause en regagnant mon appartement.

– Mais les pierres, monsieur Holmes. Où sont-elles ?

– Je ne saurais le dire.

Le banquier se tordit les mains.

notes

1. décontenancée : perplexe, surprise.

2. investigations : recherches.

– Je ne les reverrai jamais ! s'écria-t-il. Et mon fils ? Me laissez-vous quelque espoir ?

– Mon opinion n'est en rien modifiée.

– Dans ce cas, dites-moi, pour l'amour du Ciel, quelle ténébreuse affaire s'est tramée chez moi la nuit dernière.

– Si vous pouvez passer me voir demain matin entre 9 et 10 heures à mon appartement de Baker Street, je serai heureux de faire tout mon possible pour clarifier cette question. J'ai cru comprendre que vous me laissiez carte blanche[1] pour agir dans notre intérêt, à la seule condition que je récupère les pierres et que vous ne placiez pas de limite à la somme dont je peux disposer.

– Je donnerais ma fortune pour les retrouver.

– Fort bien. Je vais donc m'occuper de cette affaire d'ici à demain. Au revoir. Il se peut néanmoins que je doive repasser ici avant ce soir.

Il m'apparut évident que l'opinion de mon compagnon au sujet de cette affaire était désormais faite, quoique la teneur de ses conclusions dépassât ce que je pouvais imaginer, même confusément. Sur le trajet du retour, je tentai donc de le questionner là-dessus. Mais chaque fois, il détourna habilement la conversation vers un autre sujet, si bien qu'en désespoir de cause, je finis par renoncer. Il n'était pas encore 3 heures quand nous regagnâmes notre appartement. Holmes se précipita dans sa chambre et en redescendit quelques minutes plus tard, vêtu comme un vulgaire galvaudeux[2]. Avec son col relevé, sa veste lustrée[3], élimée[4],

notes

1. carte blanche : entière liberté.

2. galvaudeux : misérable.

3. lustrée : rendue brillante par l'usure.

4. élimée : usée par le frottement.

son écharpe rouge et ses chaussures éculées[1], il incarnait le parfait spécimen du genre.

– Je crois que ça devrait aller, déclara-t-il en jetant un coup d'œil au miroir sur la cheminée. Je m'adjoindrais votre compagnie avec plaisir, Watson, mais je crains que ce ne soit pas très indiqué. Il se peut que je suive la bonne piste, dans l'histoire qui nous intéresse, à moins que je ne sois en train de poursuivre une chimère[2]. Je saurai sous peu de quoi il retourne. J'espère être revenu d'ici quelques heures.

Là-dessus, il se tailla une tranche du rosbif qui se trouvait sur le buffet, l'intercala entre deux morceaux de pain ; après quoi, fourrant ce fruste[3] repas dans sa poche, il se mit en route pour son expédition.

Je venais de prendre le thé quand il reparut, manifestement d'excellente humeur, balançant d'une main une vieille bottine à soufflets élastiques qu'il jeta dans un coin avant de se verser une tasse de thé.

– Je ne fais qu'entrer en passant, déclara-t-il. Je repars tout de suite.

– Où cela ?

– Oh ! à l'autre bout du quartier ouest. Un bon moment risque de s'écouler d'ici à mon retour. Ne veillez pas pour m'attendre, même si je viens à tarder.

– Vos recherches avancent-elles ?

– Oh ! comme ci, comme ça. Il n'y pas à se plaindre. Je suis allé à Streatham depuis la dernière fois que nous nous sommes vus, sans toutefois passer chez notre client. Le problème qui nous intéresse est tout à fait délicieux, et pour

notes

1. éculées : usées.

2. une chimère : une illusion.

3. fruste : modeste.

rien au monde je n'aurais voulu passer à côté. Sur ce, au lieu de rester là à bavarder, je ferais bien de me débarrasser de ces oripeaux[1] minables et de retrouver l'allure éminemment respectable qui est la mienne.

À son attitude, je constatai que Holmes avait des motifs de satisfaction beaucoup plus solides que ses seuls propos ne le laissaient entendre. Ses yeux pétillaient et un soupçon de couleur rosissait même ses joues hâves[2]. Il monta en hâte dans sa chambre, et quelques minutes plus tard, j'entendis claquer la porte du vestibule. Il venait de s'embarquer derechef[3] dans les poursuites qu'il affectionnait.

J'attendis jusqu'à minuit, mais rien n'annonçant son retour, je me retirai dans ma chambre. Il n'était pas rare que Holmes partît ainsi plusieurs jours et nuits d'affilée, lorsqu'il se lançait sur une piste. Aussi son absence prolongée ne me surprit-elle nullement. J'ignore à quelle heure il rentra, mais au matin, quand je descendis prendre le petit déjeuner, il était là, une tasse de café dans une main, le journal dans l'autre, aussi frais et dispos que possible.

– Vous m'excuserez d'avoir commencé sans vous, Watson, lança-t-il, mais notre client, vous vous en souvenez, a rendez-vous assez tôt, ce matin.

– Ah ! çà, mais il est 9 heures passées, répondis-je. Je ne serais pas autrement surpris qu'il s'agisse de lui. Il m'a semblé entendre sonner.

C'était, en effet, notre ami le financier. Le changement survenu chez lui me frappa de stupeur : son visage, aux contours naturellement larges et massifs, était maintenant

notes

1. oripeaux : vieux habits.

2. hâves : blêmes.

3. derechef : de nouveau.

tiré, creusé, et ses cheveux me semblèrent un soupçon plus blancs, à tout le moins. La lassitude, l'apathie[1] émanant de lui étaient encore plus pénibles que sa violence du matin précédent. Il s'effondra lourdement dans le fauteuil que j'avançai à son intention.

– Je ne sais pas ce que j'ai fait pour essuyer pareille épreuve, déclara-t-il. Il y a seulement deux jours, j'étais un homme heureux et prospère, dénué de tout souci. Et voilà qu'aujourd'hui, je ne suis plus qu'un vieillard solitaire et déshonoré. Un chagrin chasse l'autre. Ma nièce Mary m'a quitté.

– Quitté ?

– Oui. Ce matin, son lit n'avait pas été défait, sa chambre était vide, et un message m'attendait sur la table du vestibule. La veille au soir, j'avais dit à ma nièce – sous l'empire du chagrin et non de la colère – qu'en devenant la femme d'Arthur, elle lui aurait permis de s'amender[2]. Peut-être était-ce manquer de réflexion que de lui dire cela ? C'est d'ailleurs à ces propos qu'elle fait allusion dans sa lettre, que voici :

Mon bien cher oncle,

Il me semble que je vous cause bien des soucis, et qu'en outre, si j'avais agi différemment, jamais ce terrible incident ne se serait produit. Je ne pourrai plus jamais, dans cet état d'esprit, goûter à nouveau le bonheur sous votre toit ; aussi me paraît-il nécessaire de vous quitter pour toujours. Ne vous inquiétez pas de mon avenir, qui est assuré, mais surtout, ne me faites pas rechercher. Ce serait une tâche vaine, aussi bien qu'un mauvais service à me rendre.

Je reste, pour la vie comme dans la mort, votre nièce affectionnée.

MARY

notes

1. *l'apathie* : l'abattement. **2. *s'amender* :** se racheter.

» Que pouvait-elle entendre par là, monsieur Holmes ? Pensez-vous qu'il soit question de suicide ?

– Non point, rien de tel. Peut-être la solution de votre nièce est-elle la meilleure ? Je crois, monsieur Holder, que vos problèmes touchent à leur fin.

– Ha ! Que vous dites ! Mais vous avez appris quelque chose, monsieur Holmes, découvert du nouveau ! Où sont les pierres ?

– N'estimez-vous pas que 1 000 livres sterling pièce soit un prix excessif ?

– Je donnerais volontiers dix fois plus.

– Ce ne sera pas nécessaire. 3 000 livres feront l'affaire. D'ailleurs, il y a une petite récompense à la clé, si je ne m'abuse. Avez-vous votre chéquier ? Voici un porte-plume. Autant arrondir à 4 000.

Le banquier, éberlué[1], rédigea le chèque que lui demandait Holmes. Ce dernier alla ensuite jusqu'à son secrétaire, en sortit un petit fragment triangulaire d'or serti de trois pierres, et le jeta sur la table.

Avec un glapissement de joie, notre client s'en empara fébrilement.

– Vous l'avez ! hoqueta-t-il. Je suis sauvé ! Sauvé !

Témoignant une joie aussi extrême que son chagrin l'avait été, il pressa ses pierres retrouvées contre son cœur.

– Il y a autre chose dont vous demeurez redevable, monsieur Holder, reprit Sherlock Holmes d'un ton passablement sévère.

– Redevable ! (Le banquier s'arma d'un porte-plume.) Annoncez le montant et je paie.

notes

1. éberlué : stupéfait.

– La dette dont je parle ne me concerne pas. C'est au valeureux jeune homme qu'est votre fils, Arthur, que vous devez de très humbles excuses. Je serais fier de voir mon propre fils – dussé-je en avoir un quelque jour – se comporter comme l'a fait le vôtre dans cette affaire.

– Arthur n'était donc pas coupable ?

– Je vous ai dit hier et vous répète aujourd'hui que ce n'était pas lui.

– Et vous en êtes certain ! Dans ce cas, allons de ce pas le rejoindre et lui annoncer que nous connaissons la vérité.

– Il le sait déjà. Une fois toute cette affaire tirée au clair, j'ai rendu visite à votre fils, et comme il se refusait à m'exposer les faits, je l'ai fait à sa place. Après quoi, force lui fut d'avouer que j'avais raison et d'ajouter les rares précisions qui demeuraient un peu obscures à mes yeux. Il se peut, toutefois, que la nouvelle du départ de sa cousine le pousse à parler.

– Pour l'amour du Ciel, monsieur Holmes, expliquez-moi cette incroyable énigme !

– C'est ce que je vais faire, et je vous exposerai en sus [1] les différentes étapes qui me permirent d'aboutir à sa résolution. Mais il faut tout d'abord que je vous annonce ce que je vais avoir le plus de mal à dire, et vous à entendre : un lien de complicité unissait Sir George Burnwell et votre nièce Mary. À l'heure qu'il est, ils ont pris la fuite ensemble.

– Ma petite Mary ? Impossible !

– C'est malheureusement plus que possible : certain. Ni vous, ni votre fils ne connaissiez Sir George Burnwell sous son vrai jour lorsque vous l'avez reçu au sein de votre cercle

notes

1. en sus : de plus.

familial. Cet homme est l'un des plus dangereux individus que compte l'Angleterre… un joueur ruiné, une canaille aux abois[1], un énergumène sans foi ni loi. Votre nièce ignorait tout de ce genre d'hommes. Quand il lui susurra des mots doux à l'oreille – comme il le fit avec des centaines d'autres femmes auparavant –, elle se crut la seule à l'avoir conquis. Seul le Diable sait ce que Sir George dit à votre nièce ; toujours est-il qu'elle devint l'instrument de cet homme, et contracta l'habitude de le voir pratiquement tous les soirs.

– Je ne peux, ni ne veux croire une chose pareille ! s'écria le banquier, le teint terreux.

– Je vais donc vous expliquer ce qui se passa chez vous pendant la nuit d'hier. Une fois que vous eûtes – croyait-elle – regagné votre chambre, votre nièce se glissa au rez-de-chaussée et s'entretint avec son amant par la fenêtre qui donne sur le chemin des écuries. Les empreintes de Sir George laissèrent deux trous dans la neige, mettant la terre à nu, tant il resta longtemps à cet endroit. Votre nièce lui parla du diadème. À cette nouvelle, sa convoitise à l'égard de l'or s'éveilla, et il persuada la jeune femme de le seconder dans son projet. Votre nièce vous aimait, monsieur Holder, je n'en doute pas, mais il est des femmes chez qui l'amour voué à un homme étouffe tout autre amour, et je crois qu'elle devait en faire partie. À peine venait-il de lui donner ses instructions qu'elle vous vit descendre l'escalier. Fermant prestement la fenêtre, elle vous rapporta l'escapade de l'une des domestiques avec son amoureux à jambe de bois – anecdote en tous points véridique.

notes

1. *aux abois :* dans une situation sans issue.

» Votre fils Arthur alla se coucher après son entretien avec vous. Mais il dormit mal, tracassé par les dettes contractées au club. Au milieu de la nuit, il entendit un pas feutré passer devant sa porte. Se levant et jetant un coup d'œil hors de sa chambre, il eut la surprise de voir sa cousine s'éloigner très furtivement[1] dans le couloir, puis disparaître à l'intérieur de votre cabinet de toilette. Frappé de stupeur, il passa quelques vêtements et attendit là, dans l'obscurité, pour voir où allait aboutir cette étrange situation. Bientôt, sa cousine ressortit de la pièce, et à la lueur de la veilleuse du couloir, il vit qu'elle tenait à la main le précieux diadème. Comme elle descendait l'escalier, il lui emboîta prestement le pas en frissonnant, horrifié. Dissimulé derrière la tenture, près de votre porte, d'où il apercevait ce qui se passait en bas, dans le vestibule, il vit votre nièce ouvrir furtivement la fenêtre, remettre le diadème à quelqu'un dans le noir. Après quoi, elle regagna sa chambre en hâte, passant tout près de la tenture derrière laquelle il était caché.

» Tant qu'elle se trouvait dans les parages, il ne pouvait rien entreprendre qui ne démasquât de la plus terrible manière celle qu'il aimait. Mais sitôt la jeune femme dans sa chambre, il comprit les écrasantes conséquences de cette mésaventure pour vous et à quel point il était capital d'y mettre bon ordre. Il se rua donc pieds nus au rez-de-chaussée, ouvrit la fenêtre, bondit dans la neige, et courut dans le chemin sur lequel il distinguait une silhouette sombre, au clair de lune. Sir George Burnwell tenta de s'enfuir, mais Arthur l'attrapa. Ils s'empoignèrent, luttant pour s'approprier le diadème, votre fils tirant sur l'une des extrémités et Sir George sur l'autre. Dans la mêlée, votre fils

notes

1. furtivement : discrètement.

frappa Sir George et lui entailla l'arcade sourcilière. Tout à coup, un claquement sec retentit, et Arthur, se retrouvant en possession du diadème, rallia précipitamment la maison, ferma la fenêtre, et monta dans votre cabinet de toilette. Il venait de se rendre compte que le diadème avait été vrillé durant l'échauffourée[1] et s'efforçait de le redresser, quand vous êtes entré.

– Est-ce possible ? hoqueta le banquier.

– Là-dessus, vous l'avez mis en colère en le traitant de tous les noms, alors même que lui s'estimait en droit de recevoir vos plus chaleureux remerciements. Il ne pouvait rien expliquer sans trahir, ce faisant, une personne méritant assurément fort peu la considération qu'il lui portait. Il opta néanmoins pour l'attitude la plus chevaleresque, préservant ainsi le secret de sa cousine.

– Voilà donc pourquoi elle poussa un cri et s'évanouit à la vue du diadème ! s'exclama Mr Holder. Oh ! mon Dieu, j'ai fait preuve d'un aveuglement si stupide ! Et lui qui réclamait la permission de sortir cinq minutes ! Le pauvre voulait voir si le morceau manquant ne se trouvait pas sur les lieux de l'échauffourée. Comme je l'ai mal jugé !

– En arrivant chez vous, poursuivit Holmes, je fis aussitôt le tour de la maison avec le plus grand soin, pour voir s'il restait dans la neige la moindre trace qui puisse m'aider. Je savais qu'il n'était rien tombé depuis la veille au soir et qu'en outre il avait gelé très fort – ce qui préservait les empreintes. Je m'engageai sur le sentier desservant l'entrée des fournisseurs, mais constatai qu'il était complètement piétiné et que l'on n'y discernait plus rien. En bordure de ce sentier, cependant, un peu au-delà de la porte de la cuisine,

notes

1. *l'échauffourée :* le combat.

une femme était venue discuter avec un homme dont l'une des empreintes, de forme circulaire, indiquait qu'il portait une jambe de bois. Je parvins même à déceler qu'ils avaient dû être interrompus, la femme ayant regagné la cuisine prestement, comme le prouvaient la pointe du pied profondément enfoncée et le talon peu marqué. L'Homme-à-la-jambe-de-bois, lui, attendit un petit instant, puis s'en alla. Sur le coup, je me dis qu'il devait s'agir de la domestique et de son amoureux, dont vous m'aviez parlé – ce que confirmèrent mes recherches. Je passai ensuite dans le jardin, sans rien y relever de plus que quelques empreintes s'égaillant[1] de-ci de-là, laissées, me dis-je, par les policiers. Quand j'arrivai sur le chemin des écuries, en revanche, je découvris une fort longue et complexe histoire inscrite dans la neige.

» Il y avait là une double trace laissée par un homme en chaussures et une autre double trace appartenant, constatai-je à ma vive satisfaction, à un homme pieds nus. Je fus aussitôt convaincu, à la lumière de ce que vous m'aviez raconté, que ces dernières empreintes étaient celles de votre fils. Le premier individu avait marché, dans un sens comme dans l'autre, mais le second, lui, s'était déplacé en courant, et par endroits, ses empreintes couvraient la trace des chaussures – ce qui indiquait indubitablement[2] qu'il était passé après l'autre. Je suivis ces traces et découvris qu'elles menaient à la fenêtre du vestibule, au pied de laquelle l'Homme-aux-chaussures avait attendu, piétinant la neige jusqu'à mettre la terre à nu. Je remontai ensuite jusqu'à l'autre bout de cette piste, une bonne centaine de mètres plus loin, sur le chemin des écuries. Je vis l'endroit où

notes

1. s'égaillant : s'éparpillant.

2. indubitablement : sans aucun doute.

l'Homme-aux-chaussures avait fait volte-face[1]. La couche de neige, mâchurée[2], portait des traces de lutte et quelques gouttes de sang étaient tombées – ce qui confirma mes suppositions. L'Homme-aux-chaussures avait ensuite détalé dans le chemin ; une autre petite tache de sang prouvait que, des deux, c'était bien lui le blessé. À l'endroit où il déboucha sur la rue, au sortir du chemin, je découvris que le trottoir avait été dégagé – ce qui mettait un terme à cette piste.

» Toutefois, en entrant dans la maison, j'examinai à la loupe, vous vous en souvenez, le rebord et le châssis de la fenêtre du vestibule, m'apercevant aussitôt que quelqu'un était sorti par là. Je distinguai le dessin de la plante d'un pied, à l'endroit où ce dernier avait pris appui pour rentrer. Je pus alors commencer à entrevoir ce qui s'était passé. Un homme attendit dehors, au pied de cette fenêtre. Quelqu'un lui apporta le joyau. Votre fils, lui, fut témoin de cette transaction. Il prit le voleur en chasse, se battit avec lui, et comme ils tiraient chacun de leur côté sur le diadème, leurs forces antagonistes[3] provoquèrent des dégâts que ni l'un, ni l'autre n'aurait pu causer seul. Arthur remporta le trophée, dont il laissa toutefois un morceau aux mains de son adversaire. Jusque-là, je comprenais parfaitement. Mais désormais, se posait la question suivante : qui était l'adversaire de votre fils et qui lui avait apporté le diadème ?

» Selon un de mes vieux préceptes[4], lorsqu'on a exclu toutes les hypothèses impossibles, celle qui subsiste, même improbable, est forcément la bonne. Donc, sachant que vous n'aviez pas apporté le diadème, il ne restait plus que votre nièce ou les domestiques. Cela dit, si c'étaient les

notes

1. volte-face : demi-tour.

2. mâchurée : écrasée.

3. antagonistes : contraires.

4. préceptes : principes.

domestiques, pourquoi votre fils se serait-il laisser accuser à la place des domestiques ? Il ne pouvait y avoir de raison valable pour cela. En revanche, l'amour qu'il vouait à sa cousine constituait une excellente raison pour lui de taire le secret de la jeune femme – d'autant qu'il s'agissait d'un secret déshonorant. Me rappelant alors que vous aviez trouvé votre nièce devant cette fenêtre et qu'elle s'était évanouie à la vue du diadème, ma supposition se mua[1] en certitude.

» Cela dit, qui pouvait bien être son complice ? Un amant, de toute évidence. Qui d'autre, en effet, aurait pu la conduire à passer outre l'amour et la gratitude qu'elle éprouvait pour vous ? Je savais que vous sortiez peu, et que votre cercle d'amis était très restreint. Sir George Burnwell en faisait cependant partie. Or, il m'avait déjà été donné d'entendre parler de lui comme d'un individu de sinistre réputation au sein de la gent féminine[2]. Ce devait être lui qui avait laissé ces fameuses empreintes de chaussures et fait main basse sur les pierres manquantes. Et bien qu'il se sût démasqué par Arthur, il pouvait toujours se flatter de ne courir aucun risque, puisque le jeune homme ne pouvait rien divulguer sans compromettre du même coup sa propre famille.

» Ma foi, votre propre bon sens vous permettra de déduire les mesures que je pris alors. Déguisé en galvaudeux, je me rendis chez Sir George, me débrouillai pour lier connaissance avec son valet, appris de ce dernier que son maître avait eu l'arcade sourcilière fendue la veille au soir, et pour finir, moyennant 6 shillings[3], j'éliminai le moindre

notes

1. *se mua* : se transforma.

2. *la gent féminine* : la communauté féminine.

3. *un shilling* : unité monétaire anglaise valant un vingtième de la livre.

doute en achetant une vieille paire de chaussures de Sir George. Sur quoi je retournai à Streatham et découvris qu'elles concordaient exactement avec les traces de pas.

– J'ai vu un chemineau dépenaillé dans le chemin, hier soir, déclara Mr Holder.

– C'était moi. Je constatai que je tenais mon homme, aussi regagnai-je Baker Street pour y changer de tenue. Le rôle suivant était délicat : il fallait éviter toute poursuite judiciaire afin de couper court à un possible scandale, mais je savais néanmoins qu'un aussi astucieux scélérat ne manquerait pas de se rendre compte que nous n'avions pas les coudées franches[1] dans cette affaire. J'allai donc le trouver. Bien entendu, il commença par tout nier. Mais quand je lui eus exposé dans les moindres détails ce qui s'était passé, il tenta de m'intimider en décrochant une massue du mur. Toutefois, connaissant mon homme, je lui braquai un canon de pistolet sur la tempe avant qu'il ait pu frapper. Du coup, il devint un peu plus raisonnable. Je lui expliquai que nous lui donnerions un bon prix des gemmes qu'il détenait : 1 000 livres pièce. Cela eut pour effet de lui arracher ses premières manifestations de regret. « Mince alors ! s'écria-t-il, moi qui les ai laissées partir pour 600 les trois ! » Je me fis indiquer l'adresse de l'acquéreur, promettant en contrepartie qu'il n'y aurait pas de poursuites. Puis j'allai trouver l'acheteur en question et, au terme d'un marchandage serré, obtins nos pierres au prix de 1 000 livres pièce. Là-dessus, je passai voir votre fils, lui expliquai que tout était arrangé, et regagnai mon lit aux alentours de 2 heures du matin, après ce que je suis en droit d'appeler « une rude journée de travail » !

notes

1. les coudées franches : la liberté d'agir à notre guise.

– Journée qui a évité à l'Angleterre un scandale énorme, enchaîna le banquier en se levant. Je ne puis trouver les mots pour vous remercier, monsieur, mais je saurai vous prouver ma gratitude pour ce que vous avez fait. Votre compétence a, de fait, surpassé ce que l'on m'en avait dit. Sur ce, je dois courir retrouver mon cher fils et lui demander pardon pour tout le mal que je lui ai fait. Quant à ma pauvre Mary, ce que vous me dites me touche au plus profond du cœur. Mais même votre compétence ne saurait m'apprendre où elle se trouve à présent.

– Je crois que nous pouvons sans risque affirmer qu'elle se trouve là où se trouve Sir George Burnwell, déclara en retour Holmes. Et je tiens pour tout aussi certain que ses péchés, si graves soient-ils, ne tarderont pas à recevoir un châtiment des plus sévères.

Couvertures du *Strand Magazine*, décembre 1912 et mars 1913.

Au fil du texte

Questions sur *L'Aventure du Diadème aux Béryls* (pages 105 à 144)

QUE S'EST-IL PASSÉ ?

1. Complétez le résumé de la nouvelle.

Alexander Holder, un .... réputé, est en proie à la plus vive agitation : sur les conseils d'un ...., il vient consulter Sherlock Holmes. En échange de l'avance d'une coquette somme d'argent, un des personnages les plus éminents du royaume lui a confié un .... contenant le Diadème aux Béryls. Ce bijou fameux, composé de .... pierres précieuses, est détérioré et une partie disparaît alors que le banquier l'avait emporté chez lui. Holder soupçonne son propre fils, ..., qui venait de lui réclamer 200 .... pour rembourser des dettes. Il l'a en effet surpris avec le bijou à la main en pleine nuit. Holder avait aussi parlé du précieux bijou à sa nièce, ..., et devant une de ses servantes, Lucy ...., entrée à son service depuis quelques .... Le fils de Mr Holder, le principal suspect, refuse de s'expliquer sur son attitude la nuit du vol. Il est conduit en ....

Sherlock Holmes mène alors son enquête : il inspecte les abords de la maison et notamment le chemin des ....

Après avoir interrogé Alexander et sa nièce, il retourne enquêter aux alentours et demeure environ .... dans le jardin. Ses observations lui permettront de comprendre que le fils de Mr Holder est .... La nièce de Mr Holder et son ami, ..., sont les ....

Avez-vous bien lu ?

2. Pendant quel mois l'action de cette nouvelle se déroule-t-elle ?

3. Quels sont les premiers gestes de Mr Holder quand il pénètre dans le salon de Sherlock Holmes ?

4. Quel est le personnage éminent qui est venu consulter Mr Holder ? Combien a-t-il demandé ?

5. Quels étaient les projets de Mr Holder pour son fils ?

6. Comment s'appelle l'ami d'Arthur qui, selon Mr Holder, a une mauvaise influence sur son fils ?

7. Qui affirme que le secrétaire de Mr Holder peut être ouvert avec *« n'importe quelle clef »* ?

8. À quelle heure Mr Holder est-il réveillé par un bruit dans la maison ?

9. Combien de pierres manquent sur le diadème que Mr Holder a récupéré ?

10. Quelle est la récompense offerte par Mr Holder pour retrouver le diadème ?

11. Quel est l'âge de Mary ? Qui Mary semble-t-elle soupçonner ?

12. Quel personnage de la nouvelle a une jambe de bois ?

13. Quel objet Sherlock Holmes utilise-t-il pour mener son enquête ?

14. Qui rédige une lettre dans cette enquête ? À qui est-elle adressée ?

15. Qui rend au banquier les pierres égarées ?

16. Quel personnage a eu l'arcade sourcilière fendue au cours d'une échauffourée ? Par qui a-t-il été blessé ?

ÉTUDIER L'ORTHOGRAPHE

17. Dans les phrases suivantes, mettez les mots soulignés au pluriel et faites les transformations nécessaires.

a) « Un tel honneur me comblait ; aussi m'efforçai-je, lorsque mon visiteur entra, de lui exprimer mon sentiment. »

b) « Je m'emparai du précieux écrin, puis, passablement décontenancé, m'arrachai à sa contemplation pour lever les yeux vers mon illustre client. »

c) « Il ne prononça pratiquement pas un mot durant tout le trajet jusqu'à la banlieue sud et resta immobile, plongé dans une profonde méditation. »

d) « Notre client semblait un peu ragaillardi par la faible lueur d'espoir qui lui avait été présentée, et alla même jusqu'à échanger avec moi quelques propos à bâtons rompus au sujet de sa profession. »

18. Expliquez l'orthographe des mots soulignés dans les phrases suivantes.

a) « Bien que le trottoir eût été dégagé et raclé, il demeurait dangereusement glissant. »

b) « Il portait une tenue austère, quoique cossue, composée d'une redingote noire, d'un haut-de-forme luisant, de guêtres marron élégantes. »

c) « Il courait à toute vitesse avec force sautillements. »

d) « Votre précipitation vous a épuisé. » (ligne 60)

e) « C'est pourquoi, moi qui prends d'ordinaire fort peu d'exercice, j'arrivai si essoufflé. »

f) « Nombreuses sont les familles de l'aristocratie auxquelles nous avons avancé des sommes importantes. »

g) « Il s'agissait d'un nom connu de tous sur la planète tout entière. »

h) « La plus faible expertise attribuerait à ce diadème un prix s'élevant au double de la somme que je vous ai demandée. »

i) « Quant à ma famile, elle est si restreinte qu'en faire la description ne me prendra guère de temps. »
j) « Peut-être eût-il mieux valu pour lui et pour moi que je me montre plus sévère. »
k) « Il cacha trois des trente-neuf béryls avec une adresse telle que nul ne parvint à les retrouver. »
l) « Mais enfin ! s'écria impatiemment le banquier, à quoi servent toutes ces hypothèses fumeuses ? »
m) « C'était une somptueuse pièce d'orfèvrerie, ornée des trente-six plus belles gemmes que j'aie jamais vues. »
n) « Il n'était pas rare que Holmes partît ainsi plusieurs jours et nuits d'affilée. »
o) « Il ne pouvait rien entreprendre qui ne démasquât de la plus terrible manière celle qu'il aimait. »
p) « Bien qu'il se sût démasqué par Arthur, il pouvait toujours se flatter de ne courir aucun risque. »

homonyme : **mot qui se prononce de la même façon qu'un autre mot mais qui n'a pas la même signification.**

ÉTUDIER LE VOCABULAIRE

19. Le mot « *métropolitain* » est souvent employé sous la forme « *métro* ». C'est ce qu'on appelle une abréviation. Connaissez-vous d'autres mots du français contemporain qui sont des abréviations ?

20. Décomposez les adjectifs « *incompréhensible* » et « *désagréable* ».
Donnez deux autres mots comportant les mêmes préfixe et suffixe que « *incompréhensible* ».

21. Donnez un homonyme* de chaque mot suivant : « *prêts* », « *le dessein* », « *la tâche* », et employez-les dans une phrase.

22. *« Monsieur Holmes, vous connaissez tous ceux qui vivent sous mon toit ; aussi vais-je poursuivre en vous narrant ma pitoyable aventure »* (lignes 289 à 291). Donnez deux synonymes du mot *« narrant »*, puis les mots de la même famille que vous connaissez.

23. Donnez deux antonymes* du mot *« limpide »* et employez chacun dans une phrase.

24. Le verbe *« accourir »* est composé d'un préfixe et d'un radical* verbal. Connaissez-vous d'autres verbes composés de la même façon ?

25. Quelle est l'étymologie* du mot *« enthousiasme »* ? Vous indiquerez ensuite d'autres mots construits à partir de la même racine.

26. Relevez les mots appartenant au champ lexical* du mot *« bijou »* dans la nouvelle.

27. Que veut dire l'expression *« avoir les coudées franches »* ?

28. Cherchez l'origine du mot *« chimère »* en français, puis donnez les différentes significations de ce mot en français contemporain.

29. Citez le verbe qui appartient à la même famille que le mot *« galvaudeux »* et employez-le dans une phrase après avoir donné sa signification.

antonyme : **mot de sens contraire.**

radical : **noyau d'un mot, que l'on obtient quand on a soustrait préfixe(s) et suffixe(s).**

étymologie : **origine d'un mot.**

champ lexical : **ensemble de mots qui se rapportent à un même thème.**

ÉTUDIER LA GRAMMAIRE

30. Dans les phrases suivantes, soulignez les propositions subordonnées conjonctives, puis donnez leur nature et leur fonction.

a) « La neige restait aussi blanche que si elle venait de tomber. »

b) « Bien que le trottoir gris eût été dégagé et raclé, il demeurait dangereusement glissant. »

c) « Comme il prononçait ces mots, l'homme se rua sur notre porte. »
d) « Il se pendit à la sonnette jusqu'à ce que toute la maison retentisse de son tintement métallique. »
e) « Nous lûmes dans son regard un chagrin si poignant que nos sourires se muèrent en effroi mêlé de pitié. »
f) « La plus haute noblesse du pays risque d'être frappée, à moins que l'on ne trouve quelque issue à cette terrible affaire. »
g) « Hier soir, alors que je me trouvais dans mon bureau à la banque, un des employés m'apporta une carte de visite. »
h) « Je me verrai contraint d'insister pour que toutes les précautions d'usage soient respectées. »
i) « Puisque vous avez décidé d'appeler ces messieurs de la police, eux se chargeront de découvrir ce qu'ils peuvent. »
j) « Je vis alors qu'il avait le cœur trop endurci pour que le moindre de mes propos parvienne à l'émouvoir. »
k) « Comme il se refusait à m'expliquer les faits, je l'ai fait à sa place. »

31. Précisez la nature du mot souligné et indiquez la relation logique qu'il introduit dans la phrase.
a) « Le trottoir demeurait glissant, aussi voyait-on moins de passants que d'ordinaire. »
b) « Son comportement détonnait avec la dignité de sa tenue car il courait à toute vitesse avec force sautillements. »
c) « Nous attendions que notre visiteur surmonte son trouble pour exposer son récit. »
d) « J'ai reçu un choc de taille à ébranler ma raison tant il est soudain et terrible. »
e) « C'est néanmoins en toute confiance que je vous laisse ce bijou. »
f) « J'étais donc décidé à laisser les policiers agir en tous points à leur guise. »
g) « Il ne consentit pas à desserrer les dents malgré nos objurgations. »

h) « Il fallait éviter toute poursuite judiciaire afin de couper court à un possible scandale. »
i) « Je dois lui demander pardon pour tout le mal que je lui ai fait. »

ÉTUDIER LES PERSONNAGES

32. Relevez, dans le portrait d'Alexander Holder au début de la nouvelle, les indices qui montrent que ce personnage est un notable. Quels sont les mots qui qualifient son attitude et créent un contraste avec la dignité supposée du personnage ?

33. Quelles sont les qualités de Sir George Burnwell qui pourraient expliquer son pouvoir sur le fils de Mr Holder ? Pourquoi Mr Holder est-il inquiet à son sujet ?

34. Mary est décrite deux fois dans la nouvelle : par qui ? Les deux présentations du personnage donnent-elles au lecteur la même impression ? Justifiez votre réponse.

35. Faites la liste complète des personnages présents dans la maison au moment du crime.

ÉTUDIER LE GENRE

36. Qui est le suspect principal de cette nouvelle ? Quels sont les éléments qui renforcent les soupçons de Mr Holder à son égard ?

37. Combien de fois Sherlock Holmes se rend-il dans le jardin pour mener son enquête ? Le narrateur décrit-il à ce moment-là les recherches du détective ? Pourquoi ?

38. Sherlock Holmes utilise une loupe pour son enquête. Cet objet sera-t-il utile dans cette nouvelle ?

39. Pourquoi Sherlock Holmes se déguise-t-il dans cette enquête ? Est-il habitué à se déguiser, selon vous (voir les autres nouvelles) ?

40. Quelles sont les observations faites par Sherlock Holmes dans le jardin qui seront révélées lors du récit final et utiles pour son raisonnement ?

ÉTUDIER LE DISCOURS

41. Relevez dans le récit de Mr Holder un passage où sa conversation avec son fils est relatée au discours indirect. Transposez ce passage en discours direct, puis en discours indirect libre.

42. Montrez que le silence occupe une place importante dans cette nouvelle.

ÉTUDIER L'ÉCRITURE

43. Relevez trois passages descriptifs dans la nouvelle. Quel temps utilise-t-on en général dans les descriptions ?

44. Quel est le temps fréquemment utilisé dans un récit pour raconter les événements ? Donnez un exemple emprunté à cette nouvelle.

45. Le narrateur est souvent séparé de Sherlock Holmes dans cette nouvelle. Relevez toutes les fois où les deux personnages sont séparés au cours de cette enquête. Pourquoi cette séparation est-elle importante pour les lecteurs ?

Lire l'image

46. Les premières aventures de Sherlock Holmes parurent dans la revue *Strand Magazine*. Recherchez dans votre livre des couvertures de ce magazine. Y retrouvez-vous des éléments rencontrés dans l'univers des nouvelles de Conan Doyle ?

47. Quels sont aujourd'hui les traits visuels qui permettent d'identifier Sherlock Holmes dans une illustration ? Vous rechercherez dans votre livre une image illustrant fidèlement cette tradition picturale.

À vos plumes !

48. Imaginez, en proposant des variations de niveaux de langue, une conversation entre Francis Prosper et la jeune servante Lucy Parr.

49. Dans cette nouvelle, les fameuses déductions de Sherlock Holmes sur son client sont assez limitées. Imaginez un passage où le détective surprendra son interlocuteur par la pertinence de ses raisonnements.

50. Imaginez les retrouvailles et la conversation entre Arthur et son père, après les révélations de Sherlock Holmes.

51. Mary est arrêtée en compagnie de son complice. Imaginez la lettre que lui écrit Arthur après avoir appris la nouvelle.

52. Imaginez que vous avez, en tant qu'avocat(e), à défendre Mary, face à un juge. Vous construirez un dialogue avec le juge en prenant soin de présenter des arguments pour défendre votre cliente...

Scène de rue dans le Londres victorien (XIXe siècle).

Retour sur l'œuvre

Questions sur les trois nouvelles

Attention : détails !

1. Voici quelques éléments que l'on trouve dans les trois nouvelles. Indiquez pour chacun d'eux le numéro de la nouvelle dans laquelle il apparaît.

1. *Scandale en Bohême*
2. *L'Aventure de la bande mouchetée*
3. *L'Aventure du Diadème aux Béryls*

a) un manoir vieux de 200 ans ☐
b) un homme avec une jambe de bois ☐
c) Sherlock Holmes déguisé en valet d'écurie ☐
d) un martinet ☐
e) une photo compromettante ☐
f) deux sœurs jumelles ☐
g) une jeune femme déguisée en homme ☐
h) de la peinture rouge utilisée pour simuler le sang ☐
i) des Gitans ☐
j) un babouin ☐
k) un écrin carré de maroquin noir ☐
l) un bijou avec 39 pierres précieuses ☐
m) Sherlock Holmes déguisé en pasteur anglican ☐
n) un fumeur de cigares ☐
o) une récompense de 1 000 livres ☐
p) un tisonnier ☐
q) une vipère des marais ☐

2. Voici quelques détails qui démontrent les qualités d'observation de Sherlock Holmes. Vous rappelez-vous dans quelle nouvelle ils apparaissent ?

1. *Scandale en Bohême*
2. *L'Aventure de la bande mouchetée*
3. *L'Aventure du Diadème aux Béryls*

a) des lettres imprimées en filigrane dans le papier d'une lettre ☐
b) une manche gauche avec des éclaboussures de boue ☐
c) un rebord de fenêtre avec des traces de pied ☐
d) une arcade sourcilière fendue ☐
e) une odeur d'iodoforme ☐
f) un cordon récent dans une chambre ancienne ☐
g) une bouche de ventilation débouchant sur une autre pièce ☐
h) une empreinte circulaire dans la neige ☐
i) six entailles sur une chaussure gauche ☐
j) des traces de pieds nus dans un jardin enneigé ☐

VOCABULAIRE ANGLAIS

3. Indiquez pour chaque mot anglais le numéro de sa définition.

a) dog-cart ☐
b) coroner ☐
c) stick ☐
d) boghei ☐
e) guinée ☐
f) porter ☐
g) groom ☐

1. bière brune amère
2. voiture à deux roues élevées dont la caisse est aménagée pour loger des chiens de chasse
3. sorte de canne mince et légère
4. officier de police judiciaire en Angleterre
5. serviteur
6. ancienne monnaie anglaise en or
7. petit cabriolet découvert

VOCABULAIRE FRANÇAIS

4. Indiquez pour chaque mot le numéro de sa définition.

a) prodigue ☐
b) indigent ☐
c) se claquemurer ☐
d) se carrer ☐
e) quérir ☐
f) patelin ☐
g) impavide ☐
h) un tisonnier ☐
i) un échalier ☐
j) une badine ☐
k) le feulement ☐
l) l'ire ☐
m) dilapider ☐
n) des escarcelles ☐
o) des objurgations ☐

1. s'enfermer
2. clôture mobile barrant l'entrée d'un champ
3. baguette souple et mince
4. dépensier
5. cri du tigre (ou du guépard dans la nouvelle)
6. barre de fer avec laquelle on remue les tisons
7. pauvre
8. s'installer confortablement
9. chercher
10. la colère
11. gaspiller
12. imperturbable
13. aimable
14. des bourses
15. des reproches

PERSONNAGES

5. Redonnez à chacun des personnages suivants la définition qui le caractérise.

a) Mary ☐
b) Francis Prosper ☐
c) Helen Stoner ☐
d) Alexander Holder ☐
e) Lucy Parr ☐
f) Irene Adler ☐
g) Godfrey Norton ☐
h) le roi de Bohême ☐
i) Arthur Holder ☐
j) Sherlock Holmes ☐
k) Roylott Grimesby ☐
l) Julia Stoner ☐
m) Mrs Hudson ☐
n) George Burnwell ☐
o) Watson ☐

1. Âgé d'une cinquantaine d'années, il est vêtu de façon austère (redingote noire, haut-de-forme, pantalon gris perle bien coupé). C'est visiblement un notable, mais son attitude lorsque nous le découvrons ne montre guère le flegme ni la sérénité...
2. Servante, elle est entrée au service d'un banquier depuis quelques mois quand un vol se produit. Séduisante, elle jouit d'une réputation excellente. La complice du larcin tente tout de même de diriger les soupçons vers elle.
3. Il aime les jeux de cartes et les courses, il est volontiers dépensier. Accusé à tort dans l'affaire du diadème aux béryls, il refuse de se défendre et de répondre aux questions. Il faudra toute la perspicacité de Sherlock Holmes pour le disculper définitivement.

4. Brillant causeur capable de séduire les jeunes filles innocentes, c'est un homme du monde spirituel que beaucoup jugent charmant. Passionné de jeu, il est maintenant ruiné et réduit à des actes illicites pour survivre.
5. Orpheline, elle se réfugie chez son oncle. Les sentiments de son cousin à son égard ne l'émeuvent guère, elle préfère les aventuriers séduisants.
6. Si pour lui Irene Adler est la *femme*, pour son compagnon il est vraiment le *détective*.
7. Épicier chargé de livrer des légumes à la demeure du banquier Alexander Holder, le personnage a été vu en compagnie d'une servante le soir du vol. Sa jambe de bois a laissé quelques traces dans le jardin qui permettront de l'innocenter.
8. Née en 1858, cette chanteuse d'opéra qui fréquente les plus grandes scènes européennes est aussi une raisonneuse subtile et difficile à duper. Sherlock Holmes s'en apercevra...
9. Médecin de formation, il aime raconter les exploits de son compagnon le plus proche.
10. Mesurant près de deux mètres, ce personnage a l'air d'un hercule mais son apparence a quelque chose d'exotique en Angleterre. C'est normal, il vient d'Europe de l'Est : ça se voit et ça s'entend.
11. Membre du barreau de Londres, le personnage porte moustache, affiche une certaine élégance et a des traits fins. Il est celui qui épousera la femme que Sherlock Holmes admire.
12. Maîtresse de maison à Baker Street plus que servante, elle est discrète mais efficace. Elle apparaît dans *L'Aventure de la bande mouchetée* mais elle est absente des deux autres nouvelles.

13. Quand elle se rend au domicile de Sherlock Holmes, son visage crispé trahit son angoisse. Sa chevelure grise vieillit cette femme d'une trentaine d'années. Il est vrai que ses inquiétudes sont légitimes.
14. Dernier survivant d'une des plus anciennes familles saxonnes d'Angleterre, ce médecin coléreux a la poigne ferme et l'allure imposante. Ses intentions sont aussi sombres que son caractère.
15. Après s'être évanouie en prononçant quelques mots mystérieux, la jeune femme ne se relèvera plus.

Première et dernière de couverture de l'album de Pétillon, *Le Chien des Basketville*, 1984.

Dossier
Bibliocollège

◀ **Velasquez, *Les Ménines*, 1656, Le Prado, Madrid.**

Picasso, *Les Ménines de Velasquez*, vers 1957, Musée Picasso, Barcelone. ▼

Il était une fois Arthur Conan Doyle

Une jeunesse écossaise

Arthur Conan Doyle naît le 22 mai 1859 à Édimbourg en Écosse. Son père, Charles Doyle, avait des talents de dessinateur et il illustrera les premières aventures de Sherlock Holmes avant de sombrer dans l'alcoolisme. Dans cette famille où les traditions catholiques sont entretenues par la mère irlandaise, les quatre garçons sont promis à un avenir brillant. L'un, James, deviendra historien, le deuxième, Henry, sera le directeur du plus grand musée de Dublin, tandis que le troisième, Richard, sera un illustrateur de talent. Si le goût pour les arts et la littérature semble dominer dans la culture familiale, Conan Doyle, qui reçoit une éducation rigoureuse au collège jésuite de Hodder dans le Lancashire, a des projets professionnels plus « scientifiques ». Le solide gaillard (1,90 m pour 90 kg) veut devenir médecin. La carrière lui semble plus sûre que celle d'écrivain, mais il n'en continue pas moins à lire (Jules Verne et Walter Scott, auteur, en particulier, de grands romans historiques) et à se passionner pour la littérature.

À retenir

1859 : naissance d'Arthur Conan Doyle.

1876 : Conan Doyle commence ses études de médecine.

De la médecine à la littérature

Après un séjour en Autriche, Conan Doyle commence des études de médecine à la faculté d'Édimbourg en 1876. C'est là qu'il rencontre un professeur exceptionnel, le docteur Joseph Bell, à qui il dédiera ses *Aventures de Sherlock Holmes*. Dans son livre autobiographique *Mémoires et Aventures*, Conan Doyle le décrit ainsi : *« Son fort était le diagnostic non seulement de la maladie*

mais des occupations et du caractère de ses sujets. [...] *Il en apprenait souvent davantage sur le patient en quelques coups d'œil rapides que je n'en avais appris par mes questions.* »
Notre futur écrivain est passionné de sport, un peu aventurier et, une fois ses études achevées, il s'engage pour exercer la médecine à bord d'un baleinier qui vogue vers le Groenland. En 1881, il poursuit ses aventures maritimes sur un vapeur qui navigue vers l'Afrique occidentale. Après quelques incidents de voyage, Conan Doyle est malade et met fin à ses rêves d'aventures. À son retour d'Afrique en 1882, il ouvre un cabinet d'ophtalmologiste à Southsea, près de Portsmouth.

ROMANS HISTORIQUES OU LITTÉRATURE POLICIÈRE ?

Conan Doyle entame une vie plus tranquille. Il se marie avec la sœur d'un de ses patients et aura deux enfants de ce premier mariage.

À retenir

1886 : *Une étude en rouge*, premier texte avec Sherlock Holmes.

En 1883, il publie pour la première fois une nouvelle, *Le Capitaine du Pole-Star*, suivie de quatre autres publications avant 1886. Cette année-là, fort de ses souvenirs de lecture du genre policier (les nouvelles d'Edgar Poe et les romans d'Émile Gaboriau notamment), Conan Doyle se lance dans l'écriture d'un roman d'aventures avec une énigme policière et invente l'immortel Sherlock Holmes. Ce texte, intitulé *Une étude en rouge*, essuiera plusieurs refus avant d'être acheté pour un prix dérisoire par un éditeur clairvoyant.
Cependant, l'ambition principale de Conan Doyle est intacte : il veut conquérir un renom littéraire en écrivant

des grands romans historiques, genre à ses yeux plus noble que la littérature policière. Il va se consacrer essentiellement à cette tâche dans les années qui suivent la parution d'*Une étude en rouge*. Il rédige un premier roman historique ambitieux, *Micah Clarke* (qui se déroule dans l'Angleterre du XVIIe siècle), publié en 1889. En 1891, paraîtra un autre roman, situé cette fois-ci dans l'Angleterre du XIVe siècle : *La Compagnie blanche*. Devant le peu de succès de son premier récit de détection, Conan Doyle semble avoir oublié quelque temps Sherlock Holmes.

À retenir

1889-1891 : publications de deux romans historiques.

1891 : première publication, *Scandale en Bohême*, dans *The Strand Magazine*. Succès immédiat.

Le retour de Sherlock Holmes

La première apparition de Sherlock Holmes intéressa cependant certains éditeurs américains et, en 1889, l'un d'entre eux invita Conan Doyle à dîner en compagnie d'un autre écrivain, Oscar Wilde, appelé lui aussi à la célébrité. Les deux auteurs sont engagés pour écrire deux romans qui seront publiés dans le *Lippincott's Magazine*, la revue de l'éditeur. En 1890, Conan Doyle va livrer la deuxième aventure de Sherlock Holmes : *Le Signe des quatre* ; tandis que Oscar Wilde publiera *Le Portrait de Dorian Gray*, roman important et captivant. Conan Doyle ne se doutait alors sans doute pas que sa renommée mondiale lui viendrait du détective de Baker Street et de ses textes policiers. Après un voyage à Vienne, il décide de s'installer à Londres et il se consacre désormais davantage à la littérature qu'à la médecine. En janvier 1891, il découvre une revue, *The Strand Magazine*, à laquelle il propose quelques nouvelles mettant en scène son détective favori. La première nouvelle publiée dans le magazine sera *Scandale en Bohême*, en juillet 1891.

Les lecteurs sont captivés et le succès est immense. Le père de Sherlock Holmes peut désormais se consacrer entièrement à la littérature. Pendant quelques mois, les nouvelles seront publiées régulièrement dans chaque nouveau numéro. Après deux séries de six nouvelles (recueillies dans *Les Aventures de Sherlock Holmes*), Conan Doyle a d'autres aspirations et il se lasse de son héros si populaire. *The Strand Magazine* lui passe alors une autre commande en lui offrant un salaire inespéré. Conan Doyle se laisse convaincre avec réticence mais il programme la fin de son héros : dans *Le Dernier Problème* (publié en décembre 1893), Sherlock Holmes est entraîné dans des chutes d'eau par son ennemi le plus fidèle, le professeur Moriarty *(Les Mémoires de Sherlock Holmes)*.

À retenir

1893 : publication du *Dernier Problème*, qui met en scène la mort de Sherlock Holmes.

1893-1901 : nombreux voyages.

Une autre vie

Conan Doyle n'imaginait pas alors l'émoi général qu'allait susciter cette disparition. Lettres indignées, protestations véhémentes, supplications de la revue, colère des lecteurs fidèles : rien n'y fera. Conan Doyle a décidé d'oublier Sherlock Holmes. En 1895, il deviendra correspondant de guerre en Égypte avant de se rendre en Afrique du Sud où les Boers se sont soulevés contre la tutelle anglaise (guerre des Boers). En 1900, il est en charge d'un hôpital dans cette région et il suit les événements sur le terrain. Il tirera de cette expérience deux ouvrages : une histoire de la guerre et un ouvrage engagé où il défend la position des Britanniques dans ce conflit.

Sherlock Holmes renaît

En 1901, le détective de Conan Doyle réapparaît : *The Strand Magazine*, qui n'a jamais oublié le succès du personnage, publie la première partie du *Chien des Baskerville*. L'histoire se déroule en 1880, quelques années avant la tragique disparition du héros ! Les épisodes vont se succéder au fil des mois avant de paraître en un volume en 1902. Un éditeur américain propose une somme très importante pour que Conan Doyle publie d'autres aventures de Sherlock Holmes, tandis que *The Strand* augmente le salaire de l'écrivain aussi vite que ses tirages.

Après le décès de sa femme en 1906, Conan Doyle se remarie en 1907. Il continue à écrire (un roman étonnant, *La Vallée de la peur*, paraîtra en 1915) et se consacre à la défense d'êtres injustement accusés. Profitant de son « aura » internationale, il dénoncera aussi les massacres commis au Congo par l'administration belge et interviendra publiquement pour prendre la défense de ce peuple opprimé. Cela conduira à la publication d'un pamphlet : *Le Crime du Congo*. Les dernières années de sa vie seront consacrées à une nouvelle passion, le spiritisme : il fera de nombreux voyages et des conférences fréquentes sur ce sujet, avant de s'éteindre en 1930.

Conan Doyle aura consacré en tout quatre romans et cinquante-six nouvelles à son personnage mythique, mais Sherlock Holmes n'aura pas eu besoin d'autant de pages pour s'imposer comme le détective majeur de toute la littérature policière.

À retenir

1901 : publication du *Chien des Baskerville*, roman qui reprend le personnage de Sherlock Holmes.

1901-1930 : Conan Doyle continue d'écrire tout en voyageant et en défendant diverses causes. Il se passionne pour le spiritisme.

1930 : mort d'Arthur Conan Doyle.

Londres : vue réalisée d'un chemin de fer par dessus les toits.
Gravure de Gustave Doré, 1872.

Sherlock Holmes, gentleman victorien

Gentleman londonien qui mène la plupart de ses enquêtes dans le décor de la capitale anglaise, Sherlock Holmes est aussi le représentant d'une Angleterre victorienne sûre d'elle-même. Athlète, esthète et pionnier d'une police scientifique, il est le héros idéal pour une société confrontée à une délinquance urbaine nouvelle. Sherlock Holmes rassure...

SHERLOCK HOLMES, DÉTECTIVE LONDONIEN

• L'urbanisation

Parmi les raisons qui expliquent l'émergence du genre policier dans la seconde moitié du XIXe siècle, le développement des villes et l'essor de la criminalité urbaine ont une place importante. Conan Doyle n'est pas né à Londres, comme on l'a vu dans sa biographie, mais il s'y est installé en 1891, à l'âge de trente-deux ans. Il connaît bien la ville pour y avoir déjà séjourné et pour en avoir étudié les plans avec attention. La capitale anglaise a connu une croissance extraordinaire tout au long du XIXe siècle. La population a décuplé en quelques décennies tandis que la superficie de la ville a été multipliée par trois. À l'époque où sont publiées les premières aventures de Sherlock Holmes (1886 pour *Une étude en rouge*), la ville atteint les quatre millions d'habitants – ce qui en fait la capitale la plus peuplée de toute l'Europe.

Dans cette vaste cité, l'industrialisation en plein essor attire et fixe une population nouvelle. Les contrastes sociaux sont importants. La misère cohabite avec les fastes déployés par une aristocratie fortunée. Le monde des riches entrepreneurs coexiste avec une population d'ouvriers vivant souvent dans des conditions difficiles. Ce sont ces différences que le dessinateur français Gustave Doré représentera dans les cent quatre-vingts gravures qu'il ramènera de son séjour à Londres.

• La délinquance

Univers des contrastes, Londres est aussi une cité peuplée où le délinquant peut échapper à la police. Si les forces de police s'organisent avec la création d'un corps métropolitain en 1829, les chiffres démontrent aussi un accroissement de la délinquance qui alimente les peurs et les angoisses de la population. Pour l'année 1874, par exemple, on relève deux mille cas de morts violentes dans la seule ville de Londres. Entre 1875 et 1890, le nombre d'arrestations par an passe de soixante mille à quatre-vingt-dix mille. Il n'est pas rare de repêcher un corps dans la Tamise et les quartiers populaires (comme l'East End) sont considérés comme très dangereux. On peut comparer cette situation à celle que l'on rencontre aujourd'hui dans beaucoup de pays en voie de développement où les grandes villes et les capitales sont parfois dangereuses (Rio de Janeiro, Caracas, Mexico, Abidjan, etc.).

Pour les lecteurs de Conan Doyle, la stature impressionnante du personnage et sa logique implacable qui triomphe du crime ont quelque chose de rassurant. Le détective exorcise les peurs des lecteurs qui découvrent chaque jour des faits divers inquiétants dans les journaux et qui vivent dans une insécurité plus ou moins réelle. En effet, avec Sherlock Holmes, les

À retenir

Le contexte londonien des aventures de Sherlock Holmes : Londres vit une forte poussée démographique et une industrialisation importante. Ville de contrastes entre une aristocratie fortunée et des populations ouvrières pauvres, elle voit se développer une délinquance mal maîtrisée. Dans ce contexte, le personnage de Sherlock Holmes, toujours gagnant, rassure.

criminels ne peuvent échapper à la sanction. Leurs ruses et leurs méfaits seront débusqués : le crime est toujours vaincu par l'intelligence du détective. L'ordre est rétabli après l'incident criminel. Le détective de Conan Doyle incarne le triomphe de la loi sur toutes les délinquances qui angoissent les citadins.

CONAN DOYLE, ÉCRIVAIN VICTORIEN

• L'Angleterre : un pays dominateur

L'époque victorienne doit son nom à la reine Victoria qui régna sur une Angleterre conquérante pendant soixante-quatre ans, de 1837 à 1901. Par sa droiture et sa rigueur, Victoria rétablit l'image d'une royauté respectable et accompagne la modernisation du pays en encourageant des réformes importantes.
L'Angleterre va connaître une période de rayonnement international sans précédent : grâce à sa puissance navale inégalée, la patrie de la reine Victoria s'assure la domination du commerce mondial. Au début du XXe siècle, après les succès d'une politique impérialiste de colonisation, l'Empire britannique s'étend sur trente-trois millions de km^2 (soixante fois la superficie actuelle de la France !). Un quart de la population mondiale vit sur ces territoires. Les ports anglais qui reçoivent les matières premières et les produits variés de leurs colonies alimentent et dominent le commerce européen. Comme Kipling (l'auteur du *Livre de la jungle*), Conan Doyle est partisan du colonialisme et d'une Angleterre forte.

À retenir

Le contexte historique des aventures de Sherlock Holmes : forte de l'extension de ses colonies, de sa puissance commerciale, industrielle et maritime, l'Angleterre mène en douceur une démocratisation de ses institutions et une relative amélioration des conditions sociales des classes les plus démunies.

• L'Angleterre se démocratise pacifiquement

La démocratisation de la vie politique a fait des progrès sensibles sous le règne de Victoria.

En 1837, seuls les propriétaires (0,5 % de la population) votent lors des élections nationales. En 1867, Disraeli, un ministre conservateur, accorde le droit de vote à un million de non-propriétaires, tandis que Gladstone, Premier ministre libéral, introduit le vote secret en 1872. Victoria intervient quelques années plus tard (en 1885-1886) pour faire accepter une nouvelle réforme : tous les hommes pourront désormais voter s'ils bénéficient d'un domicile (et ne sont ni criminels, ni domestiques...). En juillet 1918, la coalition au pouvoir accordera le droit de vote à tous les hommes âgés de vingt et un ans et aux femmes à partir de trente ans.

- **L'Angleterre progresse socialement**

Si l'Angleterre a pu éviter les mouvements révolutionnaires du XIXe siècle, c'est aussi grâce à des progrès sociaux qui permirent de réelles avancées pour la condition ouvrière, notamment dans la seconde moitié du XIXe siècle.
En 1842, une loi impose pour la première fois une réglementation du travail dans les mines : les femmes et les enfants ne pourront plus faire les travaux les plus pénibles. En 1847, on limite la journée de travail à dix heures. Les syndicats ouvriers se développent à partir de 1851 et créent des mutuelles d'assurances. Ils seront reconnus officiellement en 1871 et le droit de grève sera accordé en 1875. En 1870, on décide de mettre l'école à la portée de tous en créant des établissements scolaires dans chaque paroisse.
La gratuité de l'enseignement primaire sera acquise en 1891. Grâce à l'appui du Parti libéral et des syndicats, les premiers ouvriers sont élus députés. Ils entrent à la Chambre des communes à partir de 1874.

• Une fin de siècle économiquement et politiquement difficile

Conan Doyle fait allusion dans *L'Aventure de la bande mouchetée* à la crise économique importante qui touche en particulier le monde agricole. Voici ce qu'explique Sherlock Holmes lorsqu'il évoque le testament de Mrs Stoner : « *La somme totale, qui à l'époque du décès de la dame s'élevait à un peu moins de 1 100 livres sterling, n'atteint plus aujourd'hui que 750 livres, du fait de la chute des prix dans le domaine de l'agriculture.* »
L'émergence de pays neufs qui commencent à exporter va ronger la suprématie britannique et entraîner des difficultés nouvelles pour son agriculture et son industrie.
La production agricole de pays comme les États-Unis, l'Australie, la Nouvelle-Zélande ou la Russie provoquera la baisse des cours et la ruine de nombreux fermiers anglais. La montée en puissance impressionnante des États-Unis et de l'Allemagne dans le domaine industriel remet en cause la suprématie anglaise et les premiers signes d'un affaiblissement apparaissent aussi dans ce domaine. Les importations augmentent tandis que les exportations déclinent. Plutôt que de moderniser son appareil industriel, l'Angleterre se lance dans une politique impérialiste encore plus ambitieuse : elle espère ainsi étendre son Empire pour développer son influence commerciale. Mais les premières revendications d'indépendance chez les peuples colonisés commencent à émerger, notamment en Inde.

La nouvelle policière

Un choix éditorial

Conan Doyle explique très bien dans ses *Mémoires* pourquoi il choisit d'écrire des nouvelles policières et non des romans : « *Il m'était venu à l'esprit qu'un personnage lié à une série de contes, pour peu qu'il sache retenir l'attention du lecteur, gagnerait ce dernier à cette revue (*The Strand Magazine*). D'autre part, je pensais depuis longtemps que le feuilleton traditionnel risquait de comporter plus d'inconvénients que d'avantages, car un beau jour, après avoir manqué un numéro, le lecteur était susceptible de se désintéresser de la revue. La meilleure solution consistait donc à garder un seul personnage, tout en préservant l'autonomie de chaque numéro. L'acheteur serait alors sûr de ne rien manquer. Je crois avoir été le premier à m'en aviser et* The Strand Magazine *la première revue à en tenir compte.* »

À retenir

L'importance de la presse : au XIXe siècle, les journaux publient de nombreux textes de fiction. À la formule du feuilleton, Conan Doyle préfère celle de la nouvelle qui permet au lecteur de bénéficier d'une histoire complète à chaque parution du journal.

Pour bien comprendre les réflexions de Conan Doyle, il faut revenir sur le contexte éditorial à la fin du XIXe siècle. Cette époque voit le développement d'une presse de masse diversifiée aussi bien en Angleterre qu'aux États-Unis ou en France. Les perfectionnements spectaculaires des moyens de fabrication et d'information ont permis une baisse du coût des journaux et une démocratisation de la lecture. En Angleterre, les tirages des journaux ont triplé entre 1875 et 1885. Pour fidéliser leurs lecteurs, la plupart d'entre eux publient des feuilletons, c'est-à-dire des romans découpés en épisodes qui paraissent au rythme du journal qui les publie. La littérature n'était plus ainsi réservée aux seuls lecteurs de livres (coûteux

à l'époque), elle pouvait toucher un public plus large et susciter l'intérêt pour un journal. C'est ce qui se passa quand Conan Doyle publia (en 1891) les premières aventures de Sherlock Holmes dans *The Strand Magazine* : le tirage augmenta sensiblement et atteignit vite les 500 000 exemplaires – chiffre très important à cette époque (et aujourd'hui encore !).
Mais contrairement à d'autres romanciers comme Maurice Leblanc, l'inventeur d'Arsène Lupin, Conan Doyle décide de ne pas écrire des romans-feuilletons : il préfère la formule de la nouvelle. Chaque numéro du *Strand Magazine* (un mensuel) comportera donc une histoire complète et les lecteurs pourront retrouver leur personnage favori au fil des mois. *« Chaque nouvelle exigeait une intrigue aussi précise et aussi originale qu'un livre plus long »*, nous dit Conan Doyle ; et, en effet, la nouvelle qui se distingue du roman en premier lieu par sa taille est un récit très travaillé qui doit condenser une intrigue et une enquête policières en quelques dizaines de pages.

LE RÉCIT POLICIER : QUELQUES ÉLÉMENTS DE DÉFINITION

« Qui a tué ? Qui a volé ? Comment et pourquoi ? » Voilà les questions qui servent de fil conducteur au texte policier. Le genre policier se consacre en général à l'élucidation d'une énigme criminelle et le lecteur peut suivre l'enquête d'un détective dont la perspicacité est souvent mise à l'épreuve, puis mise en évidence. Le premier grand écrivain à publier des récits de détection est l'Américain Edgar Allan Poe. Le premier texte du genre est une « nouvelle policière » : *Double Assassinat dans la rue Morgue* (1841).

La nouvelle policière est un texte bref (une trentaine de pages) qui expose une affaire et le travail d'un détective. Au terme de son investigation, l'enquêteur reconstitue les circonstances du délit, il éclaire les mobiles et les enjeux du drame à partir d'indices qui l'ont mis sur la piste. Pour avoir une vision assez large du genre policier, on peut considérer que le texte policier, qu'il soit roman ou nouvelle, se consacre essentiellement à l'exposition et à la résolution d'une affaire criminelle et que le récit raconte principalement l'enquête menée par un ou plusieurs détectives.
On retrouve donc trois rôles fondamentaux dans la plupart des romans policiers classiques : une victime, un détective et un coupable. Si la construction de l'intrigue et les subtilités de l'affaire exposée font la qualité du texte policier, les grands auteurs se distinguent aussi par le choix de leur détective. Entre le détective amateur (comme le chevalier Dupin qui sera le premier grand enquêteur du genre chez Edgar Poe), le détective privé (qui fera la fortune du roman noir américain et de nombreux films policiers classiques), ou le fonctionnaire de police (le commissaire Maigret, par exemple : le héros de Simenon, ancêtre des Columbo, Derrick, et autres Navarro de la télévision), l'auteur d'un récit policier a le choix. Sherlock Holmes est bien sûr l'un des détectives les plus célèbres. Son originalité, en dehors de sa personnalité qui représente très bien l'univers des premiers enquêteurs littéraires, tient à sa méthode d'investigation fondée sur l'indice et le détail révélateurs. Il est à juste titre considéré comme l'ancêtre des policiers scientifiques contemporains qui relèvent et examinent les moindres traces lors d'une affaire criminelle.

Roman et nouvelle

La différence première entre la nouvelle et le roman policier est une différence de volume : la nouvelle est plus courte que le roman. Mais cette distinction élémentaire en entraîne d'autres dans la construction de l'intrigue et la conception du récit.

• L'intrigue unique

Alors qu'un roman peut raconter différents actes criminels, les enchaîner et présenter des rebondissements multiples étalés dans une durée longue (c'est, par exemple, le cas d'*Une étude en rouge*, le premier roman où apparaît Sherlock Holmes), la nouvelle policière propose en général une affaire criminelle unique : un crime, un vol, un chantage. C'est le cas dans ce recueil puisque Sherlock Holmes aura à enquêter sur un vol de pierres précieuses, sur des projets criminels ou sur la disparition d'une photographie compromettante. Une victime d'un acte plus ou moins criminel qui vient solliciter l'aide du détective, voilà le point de départ de l'énigme dans la nouvelle policière.

• Le cadre spatio-temporel resserré

La relative simplicité de l'intrigue s'accompagne souvent dans la nouvelle d'une relative unité de lieu et de temps. Les événements se sont déroulés dans un cadre précis (la demeure du riche banquier, le manoir des Roylott) ou concernent un lieu défini (la demeure d'Irene Adler) et la configuration des lieux est un élément essentiel pour comprendre l'énigme. De plus, les événements sur lesquels le détective devra réfléchir sont limités dans le temps : la nouvelle présente une unité d'action dans un cadre unique alors que le roman peut proposer une durée plus importante dans des lieux variés.

À retenir

Les caractéristiques de la nouvelle policière : une nouvelle est un texte plus bref qu'un roman. L'intrigue de la nouvelle policière est centrée sur un événement unique et se déroule dans un temps et sur un espace limités. Le nombre de suspects est réduit et l'enquête du détective est rapidement et efficacement menée.

• L'efficacité du détective

À la relative simplicité de l'énigme répond, dans la nouvelle policière, une brièveté de l'enquête : Sherlock Holmes se rend sur les lieux et il ne tarde pas en général à repérer les indices qui vont l'amener à la solution. Dans *L'Aventure de la bande mouchetée*, par exemple, le détective visite les lieux et il repère les détails qui vont lui faire comprendre la machination diabolique du Dr Roylott. Sherlock Holmes trouve la solution en une journée. Même rapidité dans *L'Aventure du Diadème aux Béryls*. Cette efficacité du détective distingue la nouvelle du roman : un roman présente en général une enquête plus longue et l'élucidation de l'énigme passe par différentes étapes.

• Un nombre réduit de suspects

Les romans policiers, à partir d'Agatha Christie en particulier, se caractérisent souvent par la multiplicité des suspects proposés et par une galerie de personnages secondaires plus ou moins complexes. Le personnel de la nouvelle est nettement plus réduit et le travail de présentation simplifié. Les personnages n'ont pas l'épaisseur qu'ils peuvent acquérir dans les dialogues plus développés du roman et le coupable demeure souvent un personnage secondaire : on ne sait pas grand-chose, par exemple, de George Burnwell dans *L'Aventure du Diadème aux Béryls* et le Dr Roylott, en dehors de sa fracassante visite chez Holmes, n'apparaît pas directement dans *L'Aventure de la bande mouchetée*. De même, le personnage d'Irene Adler demeure assez mystérieux... mystère qui suscite aussi un charme particulier pour Holmes !

Groupement de textes :
Pastiches de l'œuvre d'Arthur Conan Doyle

D'abord utilisé dans le domaine de la peinture pour désigner un tableau imitant une toile connue, le mot *pastiche* est aussi employé en littérature pour désigner l'imitation d'une œuvre écrite reconnue. Dès la fin du XIXe siècle, le personnage de Sherlock Holmes a acquis une telle notoriété que les imitateurs se multiplient et que des faux Sherlock Holmes (alias Sherlock Ohms, Shamrocj Jolnes, Ollock Combs ou Shylock Homes) fleurissent en Angleterre dans l'espoir, souvent déçu, de séduire les lecteurs de Conan Doyle. Aujourd'hui, les pastiches du romancier victorien sont si nombreux qu'un peu d'ordre est nécessaire pour s'y retrouver !
On peut distinguer deux grandes catégories.
• La première, celle des pastiches respectueux, est un véritable exercice d'admiration et se veut une continuation fidèle de l'œuvre de Doyle. Ces textes dits « apocryphes » imitent le style de Conan Doyle, reprennent les caractéristiques de son héros et nous replongent dans la société victorienne familière aux lecteurs du romancier. L'œuvre de Conan Doyle continue d'exercer une fascination que les imitateurs avouent facilement. Cette tradition du pastiche déférent est inaugurée brillamment, peu après la Seconde Guerre mondiale, par le propre fils de Conan Doyle, Adrian, associé pour l'occasion à l'un des grands auteurs de romans policiers de l'époque : John D. Carr. Dans cette lignée, l'auteur français René Réouven ou des écrivains anglo-saxons comme June Thomson,

Anne Perry ou Laurie King offrent des exercices de style étonnants qui sont autant de continuations possibles de l'œuvre de Conan Doyle.

• Il existe aussi à l'égard du mythe holmésien une tradition iconoclaste où la moquerie et la dérision triomphent, où l'insolence a remplacé la déférence. C'est ce qu'on peut appeler les pastiches moqueurs. Ces textes substituent à l'imitation fidèle du modèle une caricature ironique ou burlesque du héros dont le nom est volontiers travesti. Le Herlock Sholmès de Maurice Leblanc, le Loufock-Holmès de Cami, le Purlock Hone d'Oswald Crawford illustrent cette tradition qui apparaît dès le début du XXe siècle avec les premières confrontations entre Arsène Lupin et le détective anglais (sous la plume de Maurice Leblanc). Même si la moquerie n'exclut pas l'admiration, l'intention n'est plus la même : il ne s'agit pas de continuer l'œuvre de Doyle, mais de faire rire et sourire en utilisant le mythe créé par Conan Doyle.

Arsène Lupin contre Herlock Sholmès

Lorsque Conan Doyle disparut en 1930, Maurice Leblanc, l'inventeur du célèbre Arsène Lupin, lui consacra un article important qui rendait hommage au créateur de Sherlock Holmes et à son personnage : *« Il a plus que du talent, il a la puissance de la création puisqu'il créa ce type si représentatif de Sherlock Holmes.* [...] *Sans aucun doute, Sherlock Holmes est né à l'insu de Conan Doyle, et nous devons avouer que le type a grand air, un bel aplomb, un masque singulier, et une telle envergure qu'il ne nous apparaît plus comme un jeu de l'imagination, mais comme un être vivant, dont l'existence se mêle à la nôtre. Il fait partie de figures précises et de silhouettes familières qui évoluent autour de nous.* » Quelques années auparavant, Maurice Leblanc était plus moqueur ! Dans *Arsène Lupin contre Herlock Sholmès*, il inaugure la tradition du travestissement burlesque en transformant le nom du détective anglais et il annonce la couleur : « *Arsène Lupin contre Herlock Sholmès... La France contre l'Angleterre... Enfin Trafalgar sera vengé !* » Dans ce roman, Sholmès et son compagnon Wilson sont engagés par des nobles et des notables français brimés et volés par Lupin. Le passage que nous citons relate la première rencontre entre Lupin et Sholmès.

Herlock Sholmès est un homme… comme on en rencontre tous les jours. Âgé d'une cinquantaine d'années, il ressemble à un brave bourgeois qui aurait passé sa vie, devant un bureau, à tenir des livres de comptabilité. Rien ne le distingue d'un honnête citoyen de Londres, ni ses favoris roussâtres, ni son menton rasé, ni son aspect un peu lourd – rien, si ce n'est ses yeux terriblement aigus, vifs et pénétrants.

Et puis, c'est Herlock Sholmès, c'est-à-dire une sorte de phénomène d'intuition, d'observation, de clairvoyance et d'ingéniosité. On croirait que la nature s'est amusée à prendre les deux types de policiers les plus extraordinaires que l'imagination ait produits, le Dupin d'Edgar Poe et le Lecoq de Gaboriau, pour en construire un à sa manière, plus extraordinaire encore et plus irréel. Et l'on se demande vraiment, quand on entend le récit de ces exploits qui l'on rendu célèbre dans l'univers entier, on se demande si lui-même, ce Herlock Sholmès, n'est pas un personnage légendaire, un héros sorti vivant du cerveau d'un grand romancier, d'un Conan Doyle, par exemple.

Tout de suite, comme Arsène Lupin l'interrogeait sur la durée de son séjour, il mit la conversation sur son terrain véritable :

– Mon séjour dépend de vous, monsieur Lupin.

– Oh ! s'écria l'autre en riant, si cela dépendait de moi, je vous prierais de reprendre votre paquebot dès ce soir.

– Ce soir est un peu tôt, mais j'espère que dans huit ou dix jours…

– Vous êtes donc si pressé ?
– J'ai tant de choses en train : le vol de la Banque anglo-chinoise, l'enlèvement de Lady Eccleston… Voyons, monsieur Lupin, croyez-vous qu'une semaine suffira ?
– Largement, si vous vous en tenez à la double affaire du diamant bleu. C'est, du reste, le laps de temps qu'il me faut pour prendre mes précautions, au cas où la solution de cette double affaire vous donnerait sur moi certains avantages dangereux pour ma sécurité.
– Eh mais, dit l'Anglais, c'est que je compte bien prendre ces avantages en l'espace de huit à dix jours.
– Et me faire arrêter le onzième, peut-être ?
– Le dixième, dernière limite.
Lupin réfléchit et, hochant la tête :
– Difficile… difficile…
– Difficile, oui, mais possible, donc certain…
– Absolument certain, dit Wilson, comme si lui-même eût distingué nettement la longue série d'opérations qui conduirait son collaborateur au résultat annoncé.

Maurice Leblanc, *Arsène Lupin contre Herlock Sholmès*,

Les Aventures de Loufock-Holmès

Dans la même veine humoristique et burlesque que Maurice Leblanc, Pierre-Henri Cami présente un personnage comique, Loufock-Holmès, dont les raisonnements sont effectivement loufoques et absurdes dans des intrigues elles-mêmes choisies avec un grand sens de la dérision et parsemées de calembours de toutes sortes. Fondateur en 1910 d'un journal humoristique, *Le Petit Corbillard illustré*, Cami écrit en 1926 *Les Aventures de Loufock-Holmès*, recueil composé de sketches où l'on découvre les talents et le flegme à toute épreuve de son héros dérisoire. Dans le texte présenté ici, le détective qui ne doute jamais de ses talents fera arrêter des vaches et révélera le « truc des fausses vaches creuses » après avoir « subtilement » déduit que les vaches qui ne regardent pas passer les trains sont obligatoirement de fausses vaches !

PREMIER ACTE

Haut les mains !

(La scène représente le bureau du chef de la Sécurité relative.)

LE CHEF DE LA SÉCURITÉ RELATIVE, *au détective Loufock-Holmès.* – Maître, je vous ai fait prévenir en toute hâte. Je suis avisé par téléphone que le train 11 vient d'être attaqué il y a une heure, c'est-à-dire à midi juste, par des loups.

LOUFOCK-HOLMÈS. – Par des loups ?

LE CHEF DE LA SÉCURITÉ RELATIVE. – Je veux dire par des bandits masqués de loups. C'est dans le wagon-restaurant que les bandits firent irruption en plein déjeuner. Braquant leurs brownings sur les voyageurs attablés, les audacieux criminels, après avoir crié « Haut les mains ! », dévalisèrent rapidement leurs victimes terrorisées. Au cours de cette attaque diurne sans précédent, un infortuné garçon de wagon-restaurant eut la cervelle brûlée.

LOUFOCK-HOLMÈS. – Les bandits ont tiré sur lui ?

LE CHEF DE LA SÉCURITÉ RELATIVE. – Non. Ce malheureux garçon était en train de porter une soupière de bouillon fumant à un client lorsque les bandits surgirent en hurlant « Haut les mains ! » Le garçon, épouvanté, obéit, leva brusquement les bras et laissa tomber sur son crâne chauve le potage bouillant qui lui brûla la cervelle. Leur coup fait, les bandits firent jouer le signal d'alarme et, comme le train ralentissait, ils sautèrent sur la voie et s'enfoncèrent dans le jour !

Les gendarmes ont interrogé sans résultat dans les champs qui bordent la voie ferrée les paysans, les gardeuses d'oies et les gardeurs de vaches.

LOUFOCK-HOLMÈS, *brusquement.* – Oh ! oh ! je commence à comprendre ! *(Consultant un indicateur.)* Vite ! partons ! Il est 13 heures de l'après-midi, et un express qui fait le même trajet que le train 11 part dans vingt minutes. Partons !

LE CHEF DE LA SÉCURITÉ RELATIVE. – Mais en auto, maître, nous…

LOUFOCK-HOLMÈS. – Non. Il faut absolument que je fasse le même parcours que le rapide attaqué. Pour découvrir la piste tragique – retenez bien ce que je vais vous dire, car c'est de la plus haute importance –, *il faut absolument savoir si les vaches regardent toujours passer les trains !…*

LE CHEF DE LA SÉCURITÉ RELATIVE, *inquiet.* – Maître… la chaleur… vous aurait-elle… ?

LOUFOCK-HOLMÈS. – Non, je ne suis pas fou. Partons ! Si mes déductions sont exactes, *les yeux des vaches* me donneront la clé de l'énigme. Partons ! *(Ils partent.)*

Pierre-Henri Cami, *Les Pirates du rail ou l'Attaque du train 11*, dans *Les Aventures de Loufock-Holmès*, Paris, Bibliothèque de l'évasion, L'Atalante, 1997.

Les Exploits de Sherlock Holmes

Maître de l'énigme en local clos, John D. Carr s'est associé au fils de Conan Doyle pour composer un recueil de douze nouvelles qui sont autant d'hommages au créateur de Sherlock Holmes. *Les Exploits de Sherlock Holmes* entre dans la catégorie des pastiches respectueux. Dans *L'Aventure du rubis d'Arras*, par exemple, Sherlock Holmes exerce ses talents d'observateur lorsqu'un inconnu s'évanouit chez lui. Les auteurs du pastiche reprennent ici un des passages obligés de la nouvelle policière telle que la conçoit Conan Doyle : lors d'une soirée donnée par Sir John et Lady Daverton dans leur résidence, le rubis d'Arras a été dérobé. Craignant d'être accusé du vol à cause de ses antécédents judiciaires, Joliffe, le maître d'hôtel de la résidence, se précipite chez Sherlock Holmes.

« Retirez votre imperméable et approchez-vous du feu, lui dit Holmes d'une voix affable.

– En vérité, je dois vous présenter des excuses, messieurs, pour cette intrusion peu banale, commença-t-il. Mais des circonstances toutes récentes menacent… menacent…
– Vite, Watson ! »
Je n'eus pas le temps d'intervenir. Le bruit mat d'une chute s'accompagna d'un gémissement, et notre visiteur se trouva étendu inanimé sur le tapis.
Je pris du cognac dans le buffet et je lui en versai quelques gouttes entre les lèvres ; Holmes, qui avait desserré la jugulaire de l'inconnu, se pencha par-dessus mon épaule.
« Que pensez-vous de lui, Watson ? me demanda-t-il.
– Il a subi un choc sérieux, répondis-je. Son aspect extérieur laisse supposer qu'il appartient à la catégorie sociale, respectable et confortable, des épiciers ; quand il aura repris ses sens nous en apprendrons plus sur son compte.
– Tut ! je pense que nous pouvons nous aventurer plus loin ! murmura mon ami. Quand le maître d'hôtel d'une famille fortunée se précipite, sous l'aiguillon des événements, à travers une tempête de neige pour tomber sans connaissance sur mon modeste tapis, je suis tenté de croire qu'il s'agit d'autre chose que d'un tiroir-caisse fracturé.
– Mon cher Holmes !
– Je parierais volontiers une guinée que cet imperméable dissimule une livrée. Là ! Ne vous l'avais-je pas dit ?
– Je ne comprends pas comment vous l'avez deviné, ni comment vous entrevoyez une famille riche. »
Holmes leva les mains de notre visiteur évanoui.
« Vous remarquerez que la pulpe des deux pouces est noircie, Watson. Chez un individu du type sédentaire, je ne connais qu'un seul métier qui explique cette coloration égale : notre homme nettoie de l'argenterie avec ses pouces.
– Voyons, Holmes ! On nettoie de l'argenterie avec du cuir !
– L'argenterie ordinaire, oui. Mais la très belle argenterie se récure finalement à la main : d'où mon hypothèse d'une maison de riche. Quant à son départ précipité, l'homme a foncé dans la nuit avec des souliers découverts alors qu'il neige depuis six heures… »

Adrian Conan Doyle et John Dickson Carr, *L'Aventure du rubis d'Arras*, dans *Les Exploits de Sherlock Holmes*, traduit de l'anglais par Gilles Vauthier, Paris, éd. Robert Laffont, 1956.

NOTRE MR SMITH

Les Français ne furent pas les seuls à tourner en dérision le héros de Conan Doyle. Au début du XXe siècle, Oswald Crawford, auteur américain de romans policiers qui ont laissé peu de traces dans l'histoire du genre, fit une satire assez féroce d'un certain Purlock Hone. Voulant défendre le professionnalisme du détective américain contre l'amateurisme de l'enquêteur anglais, il prit pour cible Sherlock Holmes et l'admiration du narrateur Watson à l'égard du détective de Baker Street. Le début de la nouvelle caricature cette relation entre les deux hommes, faisant de Watson (transformé en Jobson) l'idolâtre béat d'un pédant ridicule.

Après une dure journée de travail, j'étais assis dans ma petite chambre de Baker Street, méditant profondément sur un sujet qui n'était jamais très longtemps absent de mes pensées. Le lecteur devinera aisément ce dont il s'agit. Je réfléchissais à la remarquable capacité d'analyse de mon ami Purlock Hone, lorsque la porte s'ouvrit et que Purlock Hone en personne apparut sur le seuil. Avec ma manière toujours impulsive et extatique, mais non dépourvue de cet humour dont je suis fier de dire qu'il tempère la vénération que je ressens pour cet esprit colossal, je commençai par la phrase habituelle : « À propos de… », lorsque mon ami m'interrompit avec un « chut » en mettant son doigt sur ses lèvres.

Sans un mot, il s'installa près du feu, déposa son chapeau, ses gants et son mouchoir dans le seau à charbon (j'ai déjà signalé auparavant le manque d'ordre de mon ami) et prit sur le manteau de la cheminée ma pipe en écume préférée. Il la bourra de Cavendish longs brins et, s'asseyant, les sourcils froncés, la fuma jusqu'au bout avant de prononcer une parole. Puis il dit :

– Hum !

Ce n'était peut-être pas grand-chose, mais pour Purlok Hone, cela voulait en dire long.

– Eh bien ? insistai-je. Continuez.

Ce qu'il fit. Il bourra à nouveau la pipe et, pour la deuxième fois, la fuma en entier.

– Votre pipe, Jobson, a besoin d'être nettoyée !

Et tranquillement, il la jeta dans le feu d'où je l'arrachai avant que les flammes n'aient causé trop de dégâts. De la part de n'importe qui d'autre, ce geste aurait semblé irréfléchi, sinon inconsidéré ; venant de cet être étonnant et talentueux, il dénotait un profond travail de méditation abstraite et analytique. J'attendis patiemment quelque révélation sur l'objet de ses pensées.

Oswald Crawford, *Notre Mr Smith*, traduit de l'américain par Danièle Grivel, dans *Le Musée de l'Holmes*, anthologie établie par Jacques Baudou et Paul Gayot, Paris, éd. Néo, 1987, DR.

Le Loup chantant de Forest Gate

Certains pastiches réservent des surprises et des jeux avec les références littéraires qui débordent largement la simple référence à Conan Doyle. C'est le cas dans ce texte très réussi où l'auteur, anonyme, montre sa parfaite connaissance du romancier victorien tandis qu'il ajoute des allusions à des contes populaires *(Le Petit Chaperon rouge)*. Texte plein de clins d'œil, de jeux de mots et d'humour, cette nouvelle présente une grand-mère qui vient consulter Sherlock Holmes après plusieurs meurtres. En une année, trois de ses petites-filles ont en effet été assassinées dans le bois où elle vit alors qu'elles lui apportaient des provisions. Pour seuls indices, Holmes devra se contenter de sang séché et d'un pot de confiture vide amené par l'ultime gamine. Le début de la nouvelle, que nous citons ici, fait référence à l'un des vices de Sherlock Holmes qui est amateur de tabac mais aussi de cocaïne.

L'affaire commença par un soir de novembre où le brouillard s'était abattu sur Londres, transformant rues et avenues en autant d'aquariums crasseux que s'efforçaient vaillamment de trouer les réverbères. Holmes traversait une de ces périodes d'ennui qui ne lui sont pas inhabituelles et qui le faisaient déplorer la disparition de James Moriarty. Son stradivarius même ne le distrayait plus et je l'avais trouvé au retour d'une visite urgente chez un client de Kensington, affalé dans son fauteuil, exactement dans la position où je l'avais quitté trois heures plus tôt. Mais le tabac contenu dans la babouche persane suspendue au coin de la cheminée avait diminué tandis que s'était épaissie l'atmosphère de la pièce. Malgré la température qui régnait au-dehors, j'ouvris la fenêtre pour dissiper la fumée du tabac plus épaisse que le brouillard extérieur. Petit à petit réapparurent le portrait encadré du général Gordon, celui, plus discret, d'Irene Adler, ainsi que tous les détails familiers de la pièce où nous passions nos soirées.

Je jetai un coup d'œil au flacon de cocaïne dont le niveau était resté le même, sur le manteau de la cheminée. Je craignais que mon ami, à l'occasion de cette période de dépression, ne fût retombé dans la funeste habitude dont j'avais eu le plus grand mal à le guérir. Mais seule la masse des mégots s'était accrue dans les cendriers. Holmes s'occupait maintenant à les trier et à les mettre à sécher : ils constitueraient sa première pipe du matin.

– Eh non, Watson, je n'ai pas utilisé les paradis artificiels que vous redoutez ! fit Holmes.

Ainsi, l'hébétude de Sherlock Holmes n'était qu'apparente et son état de prostration physique et mentale n'empêchait nullement le prodigieux cerveau de noter le plus infime détail, comme le coup d'œil que j'avais jeté à la fiole de cocaïne, et d'en déduire le cours de mes pensées avec une virtuosité que n'aurait pas reniée le chevalier Auguste Dupin.

– Un amateur, Watson ! Des intuitions brillantes, mais rien de scientifique…

Décidément, mes processus mentaux ne semblaient avoir aucun secret pour ce diable d'homme.

Auteur anonyme, *Le Loup chantant de Forest Gate*,
dans *Le Musée de l'Holmes*, anthologie établie par Jacques Baudou et Paul Gayot,
Paris, éd. Néo, 1987, DR.

La Cloche de la veillée de Noël

Sherlock Holmes a la réputation d'être assez misogyne et de dédaigner la compagnie féminine. C'est cet aspect de sa personnalité que reprend ici ce pastiche fidèle qui souligne tout de même un peu le trait dans son introduction. Anne Perry, l'auteur de ce texte, bien que née en 1938 à Londres, écrit des romans policiers victoriens contenant des informations très précises sur la vie et les coutumes anglaises à la fin du XIXe siècle. Il était donc naturel qu'elle s'intéressât à Sherlock Holmes, la figure emblématique du roman de détection victorien. Après avoir montré son irritation à l'égard d'une cliente bavarde, confuse et nerveuse, Sherlock Holmes découvrira dans cette nouvelle que sa répulsion n'était pas tout à fait absurde...

Mon ami et collègue Sherlock Holmes n'avait pas beaucoup de considération pour la nature logique des femmes. En vérité, il considérait que leurs vertus se situaient dans un domaine tout à fait différent, envers lequel – n'étant pas le moins du monde attiré par la vie domestique – il n'éprouvait décidément aucun penchant. C'était un être doté d'un cerveau brillant, mais requérant une stimulation quasi permanente. Dans le cas contraire, il tombait dans un état confinant à la neurasthénie. Pour lui, les femmes tendaient à tout ramener au niveau émotionnel. Les joies abstraites de la raison pure étaient définitivement hors de leur portée.

Il faut avouer que, si la jeune femme assise dans notre logement de Baker Street, par une froide matinée, quelques jours avant Noël, s'avérait être une digne représentante de son sexe, je n'avais aucun argument à lui opposer. Sa stature – qui la faisait ressembler à une jeune adolescente –, sa façon affectée de s'exprimer, sa mise recherchée représentaient tout ce qu'il détestait. Elle n'arrêtait pas de jouer avec son manchon de fourrure, le caressant comme si c'était un animal, lui arrachant même des poils. Pire que tout, apparemment incapable de conserver une ligne de pensée et de terminer une phrase, elle s'interrompait constamment et sautait du coq à l'âne.

Je pouvais voir que Holmes était sur le point de perdre patience. Il avait accepté de la recevoir parce qu'il s'ennuyait ferme et que, dans sa lettre, elle mentionnait un péril imminent. Jusque-là, notre visiteuse nous avait entretenus des délices de Noël dans le Northumberland – la neige craquant sous les pas, le feu ronflant dans les cheminées, la campagne se parant de toutes les grâces. Elle avait parlé des provisions s'accumulant dans le garde-manger et le cellier, et décrit les traditionnelles réjouissances de Noël. Elle s'était interrompue pour changer de sujet, passant aux écuries, à la serre, et aux joies offertes par le jardin – « même en cette époque de l'année ! »

C'en fut finalement trop pour Holmes.

Anne Perry, *La Cloche de la veillée de Noël*, © Anne Perry in *Frissons de Noël*, © Librairie des Champs-Élysées pour la traduction de Jean-Pierre Massias, 1998.

L'Affaire de la chambre Paradole

Née en 1930 dans le comté d'Essex, June Thomson a écrit de nombreux romans policiers contemporains situés dans sa région natale. Comme beaucoup d'auteurs anglais, sa fascination pour Conan Doyle se traduit par le choix de pastiches qu'elle publie dès 1990 dans deux ouvrages : *Les Carnets secrets de Sherlock Holmes* et *Les Dossiers secrets de Sherlock Holmes*. Les nouvelles recueillies dans ces livres reprennent la tradition du pastiche respectueux et poursuivent avec talent les aventures de notre détective. L'ouverture de la nouvelle *L'Affaire de la chambre Paradole*, que nous reproduisons ici, est assez représentative de ce style qui associe humour et allusion, reprenant fidèlement la tradition de l'introduction holmésienne.

Sherlock Holmes venait très peu me voir à mon cabinet de Paddington car il préférait rester confiné à son domicile du 221*b* Baker Street qu'il ne délaissait que rarement.

Je fus par conséquent fort surpris lorsqu'un matin de novembre 87, peu après mon mariage et la reprise de la clientèle du Dr Farquhar, la sonnette de l'entrée tinta, précédant l'introduction de mon vieil ami dans mon bureau.
– Ah, Watson ! dit-il en s'avançant pour me serrer la main vigoureusement. Mrs Watson et vous-même vous portez bien, assurément ? (Lui ayant certifié que nous étions en excellente santé, il poursuivit :) Je vois que vos affaires sont calmes, vous n'êtes pas actuellement harcelé par vos patients. Dans ce cas, m'accorderiez-vous une heure de votre temps ? C'est pour une affaire qui, je crois, peut vous intéresser. Je ne m'avance pas, n'est-ce pas, en considérant que les félicités du foyer n'ont pas tout à fait émoussé votre intérêt antérieur pour nos petites aventures perspicaces ?
– Non, de toute évidence, non, Holmes, répondis-je avec ardeur. Je suis ravi de votre proposition. Mais comment pouvez-vous être si certain que mes occupations soient relâchées au point de me laisser le loisir d'accepter votre invitation ?
– Deux choses, mon cher. Tout d'abord, l'état du racloir à semelles de votre seuil. Bien qu'en raison de la pluie de la nuit, le sol soit bourbeux, si peu de boue s'y trouve déposée que j'en ai déduit qu'un ou deux patients au plus l'on utilisé depuis qu'il fut décrotté ce matin. En second lieu, j'ai remarqué la parfaite netteté de votre bureau. Seul un homme jouissant de tout son temps peut avoir rangé ses papiers selon un tel ordre impeccable.
– Parfaitement vu, Holmes ! m'écriai-je, riant de la simplicité de son explication mais aussi du plaisir de me trouver à nouveau en sa compagnie.
–Vous voilà donc disposé à m'accompagner à Baker Street ? J'ai retenu le fiacre...
– Assurément. Il ne me faudra qu'un instant pour avertir mon épouse et rédiger un mot au voisin, un confrère, qui se chargera de la clientèle en mon absence. Nous en sommes convenus. De quoi s'agit-il ?
– Je vous l'exposerai dans le cab, répondit Holmes.

June Thomson, *L'Affaire de la chambre Paradole*,
traduit de l'anglais par Jef Tombeur, dans *Les Carnets secrets de Sherlock Holmes*,
Paris, éd. du Masque, 1993.

Bibliographie

Œuvres d'Arthur Conan Doyle

Vous pourrez lire l'ensemble des nouvelles et des romans d'Arthur Conan Doyle dans la collection s« L'Intégrale » aux éditions du Masque, Paris, 1997.

Quelques romans policiers pour le collège

Alessandrini Jean, *Le Détective de minuit*, Hatier, 1987.
Boileau-Narcejac, *La Justice d'Arsène Lupin*, Hachette Livre, 1994.
Christie Agatha, *La Mort n'est pas une fin*, Hachette Bibliocollège, 1999.
Christie Agatha, *Les Dix Petits Nègres*, Livre de Poche, 1993.
Daeninckx Didier, *Meurtres pour mémoire*, Gallimard, 1992.
Dibdin Michael, *L'Ultime Défi de Sherlock Holmes*, Rivages, 1994.
Hardwick Michael, *Sherlock Holmes et le Prisonnier de l'île du Diable*, Balland, 1980.
Jeffers Paul, *Irrégulier, mon cher Morgan !*, Le Masque, 1985.
Leblanc Maurice, *L'Aiguille creuse*, Classiques Hachette, 1997.
Meyer Nicholas, *La Solution à 7 %*, Robert Laffont, 1975.
Nicodème Béatrice, *Défi à Sherlock Holmes*, Fleuve Noir, 1993.
Saberhagen Fred, *Le Dossier Sherlock Holmes*, Presses Pocket, 1994.
Soares Jô, *Élémentaire, ma chère Sarah*, Calmann-Lévy, 1997.

Imprimé en Italie par «La Tipografica Varese S.p.A.»
Dépôt légal : 17409-11/01 - Collection n° 46 - Edition n° 02 - **16/8222/8**